U0026412

囮物語

オトリモノガタリ

西尾維新

NISIOISIN

BOOK & BOX ORIGINAL DESIGN by VEIA

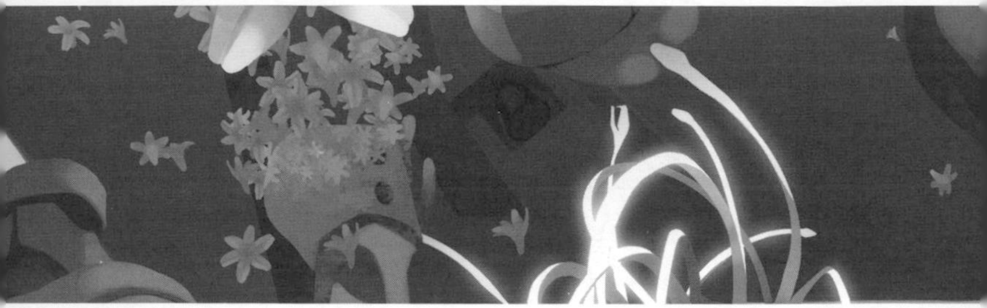

BOOK&BOX DESIGN
VEIA

ILLUSTRATION
VOFAN

第亂話 撫子・蛇妖

第亂話　撫子・蛇妖

SENGOKU NADEKO

001

千石撫子，十四歲。

六月三日出生，雙子座，B型。

身高一五三公分（成長中），體重三十八公斤上下。

右撇子。

視力：兩眼都是二・〇。

父母健在。

零用錢：每月一千兩百圓。

就讀公立七百一國中二年二班，座號二十八號。

第一學期成績單：國語3、數學2、社會4、理化2、英語3、健康教育2、音樂2、美術4、工藝・家政5。

擅長科目：無。不擅長科目：數學。

參加社團：無。

一年級有段時間加入壘球社，但撐不到一個月就自行退出，理由是「累了」。

沒有腳踏車。

沒有手機。沒有電腦。

一個月大約看兩本書。
會買來看的雜誌也是一個月兩本。
朋友不多。
沒好友。沒男友。
比起穿裙子更愛穿褲子。
穿便服時，極少穿裙子。
穿制服時，只得死心乖乖穿裙子。
喜歡赤腳，赤腳穿涼鞋。
在室內，即使是冬天也赤腳。
也就是不愛穿襪子。
穿襪子會覺得很難受。
不在意髮型，但瀏海很長。
從小學就一直順其成長。
以前由家人理髮，現在是自己剪。
嗜好：收集帽子。
現在擁有十二頂帽子。雖然擁有各種帽子（從日軍防暑帽到泳帽），但是真要說的話，喜歡有帽簷的帽子。

戴上這樣的帽子壓低帽簷。
以免被他人看見雙眼。
藉以不用看見他人的雙眼。
害怕和他人目光相對。
害怕人多的地方。
個性內向、陰沉、怕生。
懂的詞彙不多，不善言詞。
沒辦法看著他人說話。
害怕他人的視線，不想被看見。
不想看人，也不想被看。
講話的時候，總是低頭看著地面，斷斷續續輕聲說話。
大多保持沉默。
緘口。
不多話、不多言。
喜歡的食物：漢堡排、炒麵。
喜歡的漫畫：八〇年代漫畫。
喜歡的小說：少年小說。

喜歡的電影：奇幻電影。
喜歡的運動：花式溜冰（欣賞）。
喜歡的遊戲：復古遊戲。
喜歡的音樂：民謠。
喜歡的顏色：紫色。
喜歡的哥哥：曆哥哥。
喜歡的人……
阿良良木曆。

002

撫子覺得，喜歡上別人是非常美好的事。

光是這樣就有活下去的動力，光是這樣就精神抖擻，內心輕飄飄暖烘烘。

這個世間在各方面不好過，有許多不如意或討厭的事，煩惱總是源源不絕，以為是稀鬆平常的事物卻會忽然瓦解，認定可靠的事物出乎意料不可靠，身心都會很快疲憊，精疲力盡，忍不住就想當場癱倒在地。即使如此，只要懷抱著喜歡某人的心意就可以努力下去，如果這個人願意陪在身旁，應該就可以隨時重新站起來走下去。

即使想哭，應該也能常保笑容。

…………

……………………

…………………………

可是……

可是，為什麼？

為什麼……撫子會這樣？

撫子現在，為什麼蹲在這裡？

為什麼像這樣蹲在這裡？

抱著雙腿，低著頭。

大概在哭泣吧。

撫子不懂。

不懂，不懂，不懂。

說真的，為什麼？

為什麼會變成這樣？

撫子不懂。

而且，也不想懂。

「沒有為什麼，也無須計較為什麼吧……啊啊？」

此時，套在撫子右手腕的白色髮圈這麼說。不，正確來說不是髮圈。

看起來也像是手鐲的這個東西，是白蛇。

鱗片倒豎的白蛇。

當事人（當事蛇？）說自己不是蛇，是朽繩。似乎是喜歡「老朽之繩」的說法。（註1）

他說，這個稱呼很適合自己。

不過，「蛇」與「朽繩」到頭來是相同的意思，所以撫子以「白色髮圈」形容蛇肯定也不成問題。

問題，不在這裡。

只在其他地方。

髮圈——朽繩先生這麼說。

以充滿惡意的語氣這麼說。

沒有為什麼，也無從計較為什麼。

「撫子，這都是妳的錯吧？」

註1　日本近畿、九州西部等地對蛇的稱呼。

「……不對。」

撫子提出反駁。

但是，撫子的反駁其實只是一種反應，話語完全沒有說服力。撫子比任何人都明白這一點。撫子始終只是反射性地否定朽繩先生的說法。

這是反應，是反射動作。

絕對不是反駁。

「撫子沒錯。」

撫子試著再說一次，卻簡直是虛偽。

虛偽，空虛。

如同承認是撫子的錯。

雖說如此，朽繩先生實際上始終只是壞心眼捉弄撫子，其實不覺得撫子有錯吧。

因為朽繩先生對於「善或惡」這種類似道德觀的概念相隔甚遠。

這條蛇沒有善惡，只有黑白。

不是白就是黑。不是黑就是白。

如此而已。

不知灰色為何物。

也不知判斷為何物。

因為，他的意見是……

「哈哈哈……撫子，一點都沒錯。哎呀，本大爺一直以為妳是猜不透想法的不可靠丫頭，但妳出乎意料看穿本大爺的本質吧？還是說妳終於看穿了？因為仔細想想，如今已經無從挽回了……啊啊？」

朽繩先生如是說。

張開的血盆大口，簡直像要吞噬撫子。即使不是這樣，那閃亮露出的利牙，也足以嚇壞撫子。令撫子嚇得蜷縮。

……不對，這是假的。

撫子再也不怕這種牙齒了。再也不當一回事了。

第一次「看見」朽繩先生的時候，撫子差點嚇死、差點怕死，但如今撫子好懷念當初只因為那種程度的銳利就害怕、只因為那樣就能害怕的自己。

撫子再也不會怕任何事了。

沒任何事能讓撫子害怕了。

什麼都沒有了。

害怕利牙的那時候。

撫子還是平凡國中生的那時候。

……撫子是受害者的那時候。

從那時候至今，究竟經過了多久……撫子試著說得像是懷念往事，其實經過的時間沒有漫長得令人懷念。

是不久之前的事。

撫子輕而易舉就能回想。

然而，所謂的「不久之前」，同時也是再也回不去的往事，是遙遠的往事。

撫子由衷想回到當時的自己，但是應該不可能吧。

「不，並非不可能喔。撫子，其實回到過去，不像你們哺乳類想像的那麼難。」

朽繩先生如是說。

不對，嚴格來說，朽繩先生沒有開口說話，是直接對撫子內心說話。

他這麼說。

他說，聲音只是一種印象。

不對，就說了，他並沒有說話。並沒有述說給撫子聽。

這是幻聽。是幻覺。

就是這麼回事。

這就是怪異。奇怪又異常的存在。

要是撫子更深入理解這一點，或許就不會發生這種事吧。

不會發生這種事。不會發生任何事。

「所以撫子，如果妳想回到過去，本大爺可以實現妳的心願。因為我朽繩大爺，是你們所說的神。」

「神……」

為什麼？

如同空蕩蕩的。

這個字聽起來非常「空虛」。

本應很可靠的這個名稱，聽在現在的撫子耳裡，是很不實際的表面話。就像是在看數學課本，記不進大腦。

神。

神……

人們心中皆有神，信仰只在心中——忘記這句話是誰說的。

「……回到過去，可以有所改變嗎？」

「不，不會變不會變。只會重蹈覆轍。該說反覆還是重複……不對，形容成『銜尾蛇』應該別有一番風味。只會陷入無限迴圈，永遠、永恆地做著相同的事。然後撫子每次都會一樣在這裡抱住雙腿蹲著落淚，說自己想要回到當時那時候，本大爺則是每次都會實現妳的願望，當一個稱職的神。」

「……這樣很『悲慘』吧？」

很「悲慘」。

以這種狀況，形容成「不如一死」也不為過。

或者得形容成……不如一活。

居然得永遠反覆現在這種心情，這甚至堪稱和「地獄」同義。不過在另一方面，撫子也有一種想法。

套在撫子右手，如今糾纏不放的白蛇——朽繩先生，正是為了讓這種「地獄」永遠反覆上演而來吧。

活了千年以上的蛇。

死了千年以上的蛇。

不斷反覆生與死，成為神的蛇。

是的。再怎麼說，朽繩先生都是神——撫子不曾信仰的神。

由撫子「復活」的神。

「既然這樣，撫子不想回到過去……想永遠待在這裡，維持這個樣子。」

「這樣啊，這樣啊。不過撫子，話是這麼說，雖然撫子說想要待在這裡，但妳甚至不知道自己在哪裡，不知道自己是什麼樣子吧？」

「……這種小事，撫子當然知道。」

這是小事。

雖然撫子現在搞不懂各種事，但終究沒有迷失到連自己在哪裡都不曉得。

撫子很振作。不對，這是假的。

撫子迷失了。失去了。

即使如此，撫子還是知道。

好歹知道撫子身在何處。

好歹知道撫子位於神社地板底下。

好歹知道撫子蹲坐在已經毀滅的神社——北白蛇神社的地板底下。

「……如果陌生人看見現在的撫子，不曉得會怎麼想。居然偷偷摸摸待在神社地板底下。或許會以為撫子是小偷吧。」

「天曉得……不過，人類或多或少都像是小偷。每個傢伙都是滿腦子想搶奪他人的權益。」

「是這樣嗎……」

「就是這樣。撫子，妳這幾天比世上任何人都深刻體認到這一點吧，啊啊？」

「……可是，撫子覺得也有很多人不是這樣。」

「真要說的話，應該說『也有很多時候不是這樣』。差別只在於這個傢伙在何時是怎樣的傢伙。好人也會輕易變成壞人、壞人也會輕易變成好人。妳至今打交道的人們都是這麼回事。妳忘了嗎？啊啊？」

「…………」

撫子有種被花言巧語矇騙的感覺，卻不是因為這樣而沉默。

撫子經常在困惑的時候沉默，但只有這次不一樣。

沉默的理由不一樣。

遠方傳來沙沙的腳步聲。

撫子是因為這個聲音而沉默。

這個聲音，彷彿將近似幻聽的朽繩先生說話聲，以及甚至不算是自言自語的撫子說話聲一起重置——真要說的話，是「消除」。

是這樣的腳步聲。

從聲音來看……不對，從聲音來聽，應該只是細微的腳步聲。

不過，聽在撫子耳中非常響亮。

巨大、膨大的聲音。

聽在撫子耳中，如同「怪獸」即將「來襲」的聲音。

似乎會破壞一切、顛覆一切，無從抗拒的腳步聲。

「…………！」

這一瞬間，飛走了。

什麼東西飛走？是神社。撫子躲在地板底下的這間神社。

這間神社飛走了。

記得有個《三隻小豬》的童話吧？撫子只在小時候看過，已經不記得詳細內容，但是記得有間屋子被大野狼一口氣吹走。

撫子當時覺得這種肺活量好驚人，心想大野狼的肺不知道有多大，卻沒想到這一幕如今在眼前真實上演。

或許，那個童話並非虛構。

但這次吹走的不是稻草屋，是木造屋。

而且，當然不是以驚人肺活量吹走的。

「撫子，在這種緊要關頭，妳居然能夠悠閒回憶起這種童話……還以為妳心思細膩脆弱，或許妳神經意外地大條喔。還是妳已經學會如何將內心與精神切離？哈哈，這樣的話，就代表本大爺挑選撫子當搭檔的眼光沒出錯。從最初到最後，本大爺始終很擔心這件事，但在最後的最後的最後的最後終於抱持確信了。」

不對。

出錯了。

何況，朽繩先生並沒有挑選撫子當搭檔吧？朽繩先生與撫子都沒有選擇的餘地。

出錯了。

撫子感覺到神社碎片從上方飛走，卻還是沒抬頭，就這麼抱著雙腿動也不動。

「喂喂喂，撫子，別從現實移開目光。妳究竟要低頭到什麼時候？無論閉上眼睛或移開目光、無論遮住眼睛或看著下方，現實都不會從妳面前消失。妳肯定明白吧？妳肯定明白吧？啊啊？」

不用你說。

因為撫子好想讓現實消失不見，卻沒能如願。

撫子明白。

撫子不明白的是……為什麼事情會變成這樣？

屋頂不見了。正確來說不是屋頂不見，是地板不見。不對，整間神社都不見了，所以「屋頂不見了」這種形容方式當然也正確。總之撫子至今才首度察覺，不知何時下起了雨。

而且嘩啦啦下得好大。

傾盆大雨。

游擊隊豪雨。（註2）

……一瞬間，撫子差點開始思索「游擊隊豪雨」這個名字取得多麼巧妙，但是用不著朽繩先生吐槽，現在當然不是做這種事的時候。

不過，撫子在這一瞬間淋成落湯雞。

註2　Guerrilla Rainstorm，意指難以預測的暴雨。

這樣或許反而好。

反正即使衣服吸水變得沉重，現在的撫子也不受影響，何況不知何時下起的這場雨，為撫子藏起臉上的淚水。

「不知何時下雨？喂喂喂，撫子，妳的記憶混濁了……啊啊？到頭來，妳鑽進神社地板底下，就是為了躲雨吧？逃到山上就算了，還像是落井下石般下起雨……」

「是……這樣嗎？」

撫子忘了。心不在焉。

記憶「混濁」。

既然朽繩先生這麼說，應該就是這麼回事吧。但是先不提事情的「真假」，現在的撫子，或許最適合以「混濁」這個詞來形容。

混雜、汙濁。

撫子真的處於混濁狀態。

攪和成一團的汙泥。

「撫子，妳雖然混濁，但似乎沒有混亂……不對，這只是本大爺的看法。哈哈，像妳現在看起來也相當冷靜。」

冷靜？撫子冷靜？

是這樣嗎？

「嗯，沒錯。該說冷靜還是冷血？即使在這種傾盆大雨，妳也清楚辨認出那個傢伙的腳步聲吧？」

「…………」

是的。正是如此。

即使看著下方，即使嘩啦啦的雨聲阻絕所有聲音，撫子也能清楚辨認。

辨認他的腳步聲。

辨認這個人的腳步聲。

辨認接近過來的這個腳步聲。

清楚辨認。

因為，這個人是最重要的人。

是撫子最喜歡的人。

「喲，千石。」

噗通。

這聲呼喚，使撫子感覺到心臟在顫抖。

感覺到心臟噗通噗通地顫抖。

原來自己體內還殘留這種類似心的東西。撫子對此感到驚訝，也對於如此反應的自己感到難為情。

原來如此。原來撫子還有情感。

真的好難為情。好想消失。

「撫子，怎麼了？看我啊？」

「…………」

撫子聽到他這麼說，終於抬起頭。

撫子好想像是岩石、像是化石，就這麼一輩子縮在這裡不動，但身體光是聽他這麼說就乖乖照做。

不對。撫子應該是一開始就如此期望。

只是撫子隱藏至今、逃避至今。

即使如此，肯定是因為撫子希望這個人找到撫子。

希望這個人追上撫子。

希望這個人拯救撫子。

而且……

而且，希望這個人除掉撫子。

「千石，我來殺妳了。」

他說出這句話。

迷人的話語。令撫子心醉的話語。

撫子的身體果然忠實產生反應，視野捕捉到他的身影。

捕捉到阿良良木曆的身影。

捕捉到曆哥哥的身影。

即使在伸手不見五指的滂沱大雨之中，撫子依然清楚看得見曆哥哥的身影。

清楚看見。

真的是清晰無比。

「哈哈，不過所謂的看見，並不是以視覺捕捉，單純只是以蛇獨特的頰窩器官，感受到這位曆哥哥的體溫吧。」

朽繩先生出言消遣。

這是沒辦法的事。朽繩先生的職責就是出言消遣。

「因為現在的妳——現在的撫子是蛇。而且是首屈一指的毒蛇。」

「…………」

曆哥哥當然聽不到朽繩先生的聲音，而且這同樣只是在消遣撫子吧。

因為，撫子看得很清楚。

無論朽繩先生怎麼說，撫子還是看得很清楚。

不是以頰窩器官這種東西，是以雙眼清楚看見曆哥哥。

「所以本大爺不就說了嗎？別從現實移開目光。因為妳做不到。」

說得也是。這是當然的。

因為，這是撫子追尋至今將近六年的身影。

即使移開目光也無法別過臉，注視至今的對象。

殘破不堪的制服，凌亂的長髮。

露出來的肌膚，沒有任何地方沒受傷，所有傷口一直止不住流血。

而且，曆哥哥的左手臂淒慘地被扯斷。不對，嚴格來說還以一層皮連接，但這種連結非常脆弱，彷彿曆哥哥稍微扭動就會斷裂落地。

曆哥哥說他是吸血鬼。

吸血之鬼。

以前不是，但現在是吸血鬼。

撫子和曆哥哥重逢時，就聽他這麼說過，也實際見識過相關的技能，不過就目前看來，吸血鬼的恢復力堪稱完全沒發揮。

「喂喂喂，撫子，妳這麼說很過分。這位吸血鬼哥哥淪落到這麼淒慘的下場，不就是妳害的嗎？」

朽繩先生間不容髮的這麼說，完全沒放過吐槽的機會。

「毒對吸血鬼也有效。妳插下去的利牙，依然貫穿這個傢伙沒拔出來。」

「……原來如此。是這樣嗎？」

是吧。就是這樣。

原因在於撫子。是撫子的錯。

無從辯解，無從酌情減刑。

是撫子的錯。

「那麼……得好好戰鬥才行。」

撫子說完緩緩起身。

右手套著朽繩先生、左手握著大牙、內心藏著毒。

緩緩起身。

這個動作，使得吸滿水的瀏海晃動。不對，撫子的身體已經無視己身意志，進入應戰狀態。

真要說是黑或白的話屬於黑——壓倒性的黑。漆黑的吸血鬼——曆哥哥。

面對曆哥哥的撫子，頭髮倒豎。

而且，每根頭髮化為蛇。

蛇群。

蠕動交纏的蛇。

是的。

不只是朽繩先生。

現在的撫子，和十萬條蛇為伍。

如此龐大的物量當前，沒有撫子意識介入的餘地。一切都由蛇群主導。

不。不是這樣。

這同樣只是自我辯護。

十萬條蛇的契機在於撫子，原因也在於撫子。

錯的人，果然是名為千石撫子的單一個人。

是「我」。

是被蛇纏身，接受蛇神上身的「我」。

「哼。感覺如同身心都完全墮落為怪異……不對，以這種狀況，乾脆應該形容成『升天為怪異』。」

金髮幼女以復古語氣這麼說。

雖然至今完全沒察覺，但她似乎一直在曆哥哥身旁。

「吾總算明白那個夏威夷衫小子，為何特別在意這個瀏海姑娘。不對，如今並非瀏海姑娘，是蛇髮姑娘。不……應該形容為蛇神姑娘。」

「………」

「喂，汝這位大爺。」

金髮幼女對曆哥哥說話。

以毫不拘束、親密的語氣說話。

一副最佳搭檔的模樣。

「別猶豫啊。這個姑娘如今不是汝這位大爺妹妹們之朋友，更不是嬌憐之學妹，是邪惡、凶惡、無可救藥之怪異。只是區區之『一條』蛇。」

金髮幼女──忍野忍這麼說。

「這種事，我當然明白。」

曆哥哥點頭回應這番話。如同彼此的想法完美溝通。

接著，曆哥哥這麼說。

「這傢伙是我的敵人，是妳的糧食。」

「…………」

「忍，吃掉無妨。」

這句話說完的同時，曆哥哥與忍小姐，無視於下個不停的雨，沒有特別打暗號，甚至不以目光示意，就大步跑向撫子。

好羨慕。

撫子如此心想。

羨慕誰？羨慕忍小姐。

其實，撫子想待在那個位置。

想待在曆哥哥身旁。想成為曆哥哥的搭檔。
即使沒辦法成為相伴的情侶，也想成為相伴的搭檔。
可是，撫子為什麼會像這樣，站在曆哥哥的正前方？
不懂。不懂。撫子不懂。
撫子為什麼……
「我」為什麼……
要和曆哥哥敵對？

「撫子最討厭曆哥哥了！」

撫子揮動左手所握的大牙。這根牙直接命中曆哥哥的心臟。
威力是掛保證的。由神掛保證。
據說吸血鬼心臟被白木樁插下去就會沒命。如果是白蛇牙呢？
撫子最喜歡的人，撫子曾經最喜歡的人，他的心臟……啊啊。
飛散了。
肉屑與鮮血落在撫子身上。
如同雨水。如同豪雨。

「呀哈～！喂喂喂，撫子，妳終於下手了！」
朽繩先生高聲吶喊。
十萬條蛇也齊聲高呼勝利。
不對。
這或許依然是撫子自己的聲音。
因為，這時候的千石撫子，掛著笑容。
明明這麼想哭，明明在哭泣，卻掛著笑容。
「啊哈……」
發笑。
發笑，發笑，發笑，發笑，發笑。
何其好笑，按捺不住。
「啊哈哈哈哈哈哈……啊哈哈，啊哈哈哈哈哈哈哈！」
哎呀哎呀，說真的。
為什麼會變成這樣……為什麼？
為什麼？

003

事情要回溯到一千年前。

……回溯過頭？

說得也是，嘿嘿。

實際上，撫子也不太清楚一千年前的事，何況這部分都是朽繩先生的敘述，沒什麼可信度。

可信度的漢字寫成「信憑性」，中間那個字是「憑依」的「憑」，有著怪異附身的感覺，不過這是兩回事。

朽繩先生說的話不能照單全收。但他是蛇，或許應該形容為不能「囫圇吞棗」。

何況撫子對一千年前的事沒什麼興趣。

那個……

所以接下來要回溯的事，頂多只是撫子基於己身經驗能說的範圍，換言之，就是回溯到撫子遇見朽繩先生的那一天。

這樣就有可信度了。

至少對於撫子來說是如此。

記憶或許難免出錯，應該說肯定會出錯，但世上有許多想忘也忘不掉的事，有許多想說謊也無法瞞騙的事，對於撫子來說，和朽繩先生的相遇就是這麼回事。

因為，這是將當時的蛇拖延至今造成的。

是將當時纏著撫子的蛇，拖延至今造成的。

拖啊拖……拖延至今。

如同撫子將小學時代的心意一直拖延至今，拖啊拖。

那一天的日期是十月三十一日，星期二——姑且說是俗稱的萬聖節。不過老實說，撫子不太熟悉這個節日。

不清楚是怎樣的日子。

曾經待在這個城鎮的妖魔鬼怪權威（權威是什麼意思？無所不能？）——忍野咩咩先生是這麼說的。

「既然聖誕節成為這麼知名的大眾節日，我覺得萬聖節與感恩節應該更深植於日本才對。」

撫子確實也不清楚感恩節是怎樣的日子。

但是，撫子認為感恩很重要。

撫子很感謝忍野先生，也感謝神原姊姊、曆哥哥。

心懷感謝。

撫子要是沒有他們，就無法像現在這樣過得平穩安詳……平穩安詳？

不對。

那些人在六月教會撫子的，或許是「平穩安詳不存在於這個世界」這個道理。

平穩。

這種東西只存在於電視裡。

Ｈｅｙ－ｏｎ！（註3）

這麼說來，好像有一部四格漫畫是這個名字。

那部漫畫很好看。

撫子心想，要是能像那樣過生活該有多好，但也覺得以撫子的現實狀況不可能。

在撫子的學校，不可能有這樣的生活。

實際上，撫子在十月三十一日這天早上也很「憂鬱」。不對，「憂鬱」的日子不只是這一天。

每天早上總是「憂鬱」。

更具體來說，撫子在上學途中總是「憂鬱」。無論這天是三十一日、三十日或一日都一樣。

無論是十月、九月或十一月都一樣。

是的，撫子沒有一天上學時不「憂鬱」。

註3　日文「平穩」的發音，和漫畫《K－ON！輕音部》音近。

從那天之後就是如此。
從那個六月之後就是如此。
比方說，四月就不一樣。
五月應該也不一樣吧。
記得名為貝木泥舟的知名騙徒，是循著忍野忍這個吸血鬼的傳聞來到這座城鎮，所以他或許是在四或五月就開始設局。總之，包含撫子的事件在內，這個布局產生具體效果的時間是六月……
「唔喔，危險……！」
當撫子懷抱憂鬱的心情，早點出門上學以免遲到的途中，一輛腳踏車在撫子轉彎時撞過來。
腳踏車。也就是自行車。
不是曆哥哥騎的那種菜籃腳踏車（從那輛腳踏車來看，曆哥哥應該完全不執著於要騎哪一種腳踏車吧），是設計得相當帥氣有型的越野腳踏車。
撫子沒能立刻反應，心想「啊啊，撫子即將就這麼被撞了，要骨折送醫了，好像會很痛，不過這樣就可以暫時不上學，曆哥哥會不會來探望？得準備一件體面的睡衣才行……」腦中就像這樣，出現關於未來期望的走馬燈。不過……
「危險——————安全過關！」

這位腳踏車騎士，將龍頭轉為相當勉強的角度。

前輪與車身呈T字形。

只靠煞車確實可能來不及，但騎士這麼做，以構造來說等同於讓腳踏車撞牆。

老實說，即使不以這種方式迴避，只要稍微轉龍頭，應該也能閃過嬌小的撫子，不過騎士當時也很拚命吧。

前輪靜止，但後輪依然受力驅動，導致整輛車飛起來。

最後，腳踏車飛越撫子頭頂……不對，是稍微擦過撫子頭頂，然後避開撫子。

套用四格漫畫的書名就是《飛輪部！》這樣。

後來，腳踏車與騎士如同老鼠炮，在柏油路面滑行。總之撫子別說骨折，連一點傷都沒有。

但撫子嚇得臉色鐵青。

……這是一瞬間發生的事，卻恐怖無比，是一次恐怖的體驗。妖魔鬼怪之類的東西確實恐怖，但是這種具體又現實，如同「車禍」的真實恐怖，瞬間就凌駕於這種情緒上的恐怖。

雖然只是暫時，但撫子忘了上學途中的「憂鬱」。

「還……還好嗎？」

撫子恍然回神，跑到倒在車道交界處的腳踏車。撫子當然不是擔心腳踏車是否磨損受創，是跑向被壓在腳踏車底下，倒在路面的女生。

是女生。

依照道路交通法，肇事責任應該在於沒確認兩側就衝到路口的腳踏車，但撫子走路時確實也漫不經心……不對，即使除去這一點，撫子也很擔心。

有人倒下，當然令人擔心。即使表面上可以宣稱只是騎腳踏車摔倒，但即使只是這種小意外，要是撞到頭就麻煩了。

或許得叫救護車。

但撫子沒手機。

最近鎮上的公共電話減少許多，如果要求救，最好是到附近的民宅……啊啊，可是撫子實在不敢和陌生人說話。

既然這樣，就先回家一趟……

「沒事！」

「呀啊！」

撫子尖叫了。

撫子剛跑過去，這個女生就忽然像是加裝彈簧般坐起上半身。不對，因為她起身速度很快，撫子才形容成「加裝彈簧」，但按照撫子的印象，她其實像是喪屍。因為無論怎麼看，她直到剛才都是癱軟不動的狀態。

是的。

剛好如同……曆哥哥經常死掉時那樣。

……

形容成「經常死掉時那樣」，感覺也頗神奇的。

「千石小妹，有受傷嗎？」

這個女生面向這裡這麼說。

笑容好爽朗。非常受人喜愛。

不過，撫子看到這張笑容只會害怕。因為……

「唔唔？千石小妹，怎麼了？我自認順利躲開了，難道不小心擦掉妳一根頭髮？那就真的很抱歉了，千石小妹。」

「為……為什麼……」

撫子無法好好說話。不對，撫子內向又怕生，面對誰都是這個樣子……可是，撫子今天面對這個人，比平常更加無法好好言語。

或許可以形容為「非比尋常」地害怕。

「為……為什麼……知道……」

「嗯？」

「為什麼知道……撫子的姓氏……？」

「唔唔？」

女生睜大雙眼。

臉上依然是受人喜愛的笑容，但是明顯在抽搐。

該怎麼說，顯然有種「搞砸了」的感覺。

「啊啊，對喔！」

女孩喊著仰望天際。

「糟了，我還沒認識千石小妹！」

「啊……？」

「啊啊，真是的……搞錯順序了……這都是因為遲遲找不到八九寺小妹……那個孩子太反常了，傷透我的腦筋。啊啊，這下子怎麼辦？」

女生說著站了起來，拉起同樣倒地的腳踏車。

接著，她重新問候一次。

「可愛的小妹妹，初次見面！」

充滿馬後炮的氣息。

但撫子很「佩服」她的膽量。

「我的姓名是忍野扇！」

「……忍野？」

忍野？忍野不就是……

忍野咩咩。忍野忍。

不。不對。

她說她是忍野扇。

撫子第一次聽到這個名字。只是湊巧同姓？

「唔～該怎麼掩飾呢……總之要應付這孩子，記得只要提到阿良良木學長的名字就好？那麼，唔～千石小妹，我是聽阿良良木學長提過妳。妳看我的制服就知道吧？我是阿良良木學長的學妹，也是神原學姊的學妹。不是副駕駛喔，是學妹。直江津高中一年級學生。」（註4）

她這番話不對勁。或許該形容為語無倫次。

即使是撫子以外的人面對她這種人，應該也說不出話吧。

不過，她是曆哥哥的學妹？

不是副駕駛。

神原姊姊的學妹……聽她這麼說就發現，她穿的制服確實是曆哥哥與神原姊姊所就讀直江津高中的制服。

撫子自己都覺得自己很笨。

註4　副駕駛（co-pilot）的日文簡寫和「學妹」音近。

光是這樣，撫子就稍微鬆了口氣。這個舉止可疑到極點的A級可疑人物，光是和曆哥哥就讀同一所學校，撫子就覺得她多少可以信任。這樣的撫子好笨。

不過，撫子即使內心這麼想，表面的態度應該也沒有變化。

依然只是戰戰兢兢看著下方。

不發一語。

依照「沿襲」至今、一如往常的模式，撫子像這樣沉默沒多久，對方就會無奈地說聲「算了」離開撫子。

這是一如往常的模式。

「啊啊，不行嗎～」

不過，這名女孩——扇小姐再度仰望天空。

沒有說「算了」，也沒有離開。

而是如同「發牢騷」般說下去。

「出師不利啊～哎，算了，反正千石小妹的事情，基本上算是外傳，應該不會像是羽川家的翼學姊那樣。那個……」

扇小姐說到這裡，向撫子伸出右手。

「我是忍野咩咩的姪女。」

「…………」

「叔叔也對我提過妳的事情，他說妳是受害的女生。雖然也是和貝木先生打交道的受害者，不過純粹和怪異相關的受害者也很罕見。」

扇小姐這麼說。

以愉快的語氣這麼說。

「但是，千石小妹，人不可能永遠處於受害者的立場。除非出現加害者，才會出現受害者。難道妳至今依然自認是受害者？」

「…………」

「毫無反應嗎……」

扇小姐聳了聳肩，一副很快樂的樣子。

「像這樣看著下方，不發一語保持沉默，或許確實可以繼續飾演受害者……不過『這次』真的會這麼『順利』嗎？」

「…………」

「這次或許……是例外。」

「…………」

「當個受害者很輕鬆，真不錯。可以得到大家的同情與善意。現在有種『輕視受害者』的論點，但只是宣稱『加害者也是受害者』罷了。叔叔應該討厭這種論點吧。總之由此推論，世上或許只有受害者。既然這樣，若是反過來看，千石小妹或許並非一開始就是純粹的受害者，而且本次的物語可能會凸顯這一點。」

「……物、物語？」

「嗯。」

扇小姐這麼說。

「難道說，千石小妹，妳認為自己活在完全沒有戲劇化要素的平凡日常？總之，我先走了。」

扇小姐跨上腳踏車（看來零件沒在摔車時故障）輕盈踩著踏板，以有點像是表演特技的騎車方式離開。

一如往常。

應該吧。

撫子不善言詞，對方無奈離開。這是一如往常的演變。

雖然她沒說「算了」，但這樣的結果一如往常。

「沿襲」既定模式。

無須驚訝。肯定無須驚訝。

只是……

「……咦？」

雖然不驚訝，卻留下些許突兀感。不，真的只有些許。

是明天就會忘記，再也不會回想起來的些許突兀感。
神奇的是，明明不覺得交談很久，回過神來——看向手錶才發現，不知為何經過了不少時間。
該怎麼說……就像是時間失竊一樣。
撫子不認為和扇小姐的對話，快樂到令撫子忘了時間……只是，為什麼？
感覺總有一天，非得再和那個人交談。
為什麼？
不對。
若要先說結論，實際上，這種機會在後來堪稱完全沒有造訪。
因為撫子還沒和她再度相遇，就得和曆哥哥殺個你死我活。

004

話說回來，撫子剛才無視於扇小姐伸出的右手。雖說「無視」，但撫子實際上沒不是沒看見。
撫子不敢看扇小姐的臉，低頭看著下方，但她的手確實位於撫子的視野。甚至堪稱因為低著頭，所以只看見她的手。如果撫子沒猜錯，扇小姐肯定是要和撫子握手。

扇小姐若無其事掛著笑容收回手，但一般來說，這一幕害她不高興也不為過。

不對，扇小姐恐怕不高興了。

她留下受害者、加害者、日常、物語等莫名其妙的詞就離開，基於某種意義，或許是在惡整如此失禮的撫子。

講得語帶玄機煽動不安情緒的手法，是常見而且有效的話術。

不過，撫子沒辦法。

即使知道會害對方不高興，也沒辦法。

沒辦法讓人碰。

沒辦法碰人。

握手當然不用說，即使是輕拍臉或手臂的輕度身體接觸也會怕。會嚇得打顫。

會嚇得不斷打顫。

雖然名叫撫子，卻也討厭別人撫摸頭。是不想被人撫摸的孩子。

講得極端一點，撫子甚至覺得被打比被摸好得多。

因為被打只有一瞬間，沒有那個東西「混入」的餘地。

這裡提到的「那個東西」是溫度。體溫。

是的。撫子害怕他人的體溫，害怕感受到他人肌膚的溫暖。打從心底害怕自己的體溫和他人的體溫混合。

例如握手時，會感覺對方的手很溫暖（或是反過來覺得冰涼），這令撫子非常不好受。達到冒冷汗的程度。

所以講得精細一點，如果是隔著衣物觸摸，撫子就意外地不以為意。

「過度抗拒和他人接觸，是自我意識過強的表徵。依此推論，千石妹妹看起來內向，但或許出乎意料具備堅強的意志，不會依賴他人。」

這是之前找羽川姊姊商量這件事得到的回應，但撫子覺得這番話可能出自她這個人的溫柔。或許是顧慮到撫子而擇言回應。

其實，撫子只是膽小。只是連依賴他人都不敢。

不過，以撫子的立場來說，撫子覺得大家更是不可思議。

為什麼大家如此輕易就向他人卸下心防、容許他人碰觸？

撫子不願意讓他人碰觸，也不會卸下心防。

不提這個，撫子來到學校了。抵達目的地。

和扇小姐的那場車禍（結果只是扇小姐自己摔車）沒有害撫子遲到。雖然交談時間比想像的久，但撫子很早就出門，即使上學途中發生任何突發狀況都不怕。

像這樣提防突發狀況，果然是從六月開始的。

與其說是變得謹慎，或許是撫子生性膽小。

……這麼說來，當時沒有很抗拒。

那時候，撫子體驗到蛇直接纏上肌膚的感覺……啊啊，對喔。

撫子在生物課學過，蛇是變溫動物，所以體溫的影響不大。

今天是十月三十一日。今年第一場雪還沒下，但氣溫已經足以形容為冬季，好冷好冷。這麼一來，蛇這種爬蟲類，或許已進入冬眠季節。

撫子進入校舍換鞋。從室外鞋換成室內鞋。

二年二班的鞋櫃，位於從上面數來的第二格，撫子得稍微踮腳才搆得到。每次上學或放學，也就是每次使用這個鞋櫃，撫子總是希望自己長高一點。

撫子脫鞋之後，在走廊木地板伸出手，以手指摸索鞋櫃內部……

「呀……嗚哇！」

撫子又尖叫了。這是今天第二次。

即使撫子平常聲音很小，尖叫時終究很大聲。

剛才扇小姐差點撞到時，撫子動都不能動，但這次是誇張地一屁股跌坐。

跌坐在地上的姿勢，有點不檢點。

就旁人看來，撫子或許像是因為踮腳過頭失去平衡，又因為只穿襪子而在光滑的木地板滑跤。給人笨拙的感覺。

然而不是這樣。這是錯的。

撫子就這麼站不起來，看著自己的右手——剛才摸索鞋櫃的右手。

「………」

確認右手毫無異狀，再看向鞋櫃。不過那裡始終只有一個普通的鞋櫃。

撫子的室內鞋稍微外露。

所以，撫子看不見。

看不見那裡……有一條白蛇。

「………」

不過，撫子有感覺。

對於撫子而言，或許堪稱是一種懷念的感覺。彷彿「蛇直接纏上肌膚」的感覺。

又軟又硬，滑溜卻感覺得到鱗片紋路。

即使感受不到體溫，卻感受得到生命的——那種「纏附」。

「…………」

撫子戰戰兢兢地起身，挺直身體踮腳，想窺視鞋櫃內部，但身高果然不夠。

要是有墊腳臺就好了，但是附近找不到剛好能用來墊腳的東西。

撫子逼不得已，總之先提心吊膽地以指甲勾住稍微從鞋櫃外露的室內鞋，拉出鞋子確認內部。

空空如也，什麼都沒有。

沒有襪子、沒有人類的腳踝，而且當然也沒有白蛇。

沒在裡面，也沒看見。

「……………」

總之，撫子確實和他人比起來沒什麼朋友，內向又沉默寡言，不擅長和他人打交道，甚至會令人為難到不自在，但並不會特別容易遭到霸凌。所以撫子不記得鞋櫃會被放蛇惡整。

應該說，這種做法甚至超越霸凌吧？比起霸凌，會做這種事的人更可怕。

那個，換言之，撫子的意思是自己沒那麼了不起，不足以讓人費工夫在撫子鞋櫃偷放活蛇惡整。

招致他人討厭也是一種才華、一種了不起的個性。

六月那時候也一樣。那是在和撫子無關的地方發生的各種事。

忍野先生或今天早上的扇小姐，都說撫子是「受害者」。但基於這層意義，撫子認為自己甚至不是受害者。

有一個詞是「遭殃」。撫子覺得這是最適合自己的詞。

看到現狀，看到二年二班現在的慘狀，撫子不由得這麼認為。

是的。

不是基於撫子的性格或人品，現在的二年二班，想霸凌都無法如願。

「……是多心了嗎？」

即使如此，撫子為了以防萬一，還是垂直跳啊跳地（勉強）窺視鞋櫃，卻同樣沒看到異狀。

不過，好神奇。

如果是撫子多心，能夠解釋為多心當然是最好的，有種可喜可賀的感覺。可是，為什麼？

即使被蛇纏附的感覺是多心，撫子明明沒看到那條蛇，為什麼覺得是「白」蛇？

「怎麼了，千石同學？還好嗎？」

同學年的女生，看到撫子在鞋櫃前面做出可疑舉動（看起來只像是如此吧），擔心地出言詢問。

撫子輕聲回應。

「沒事。」

接著低下頭。

「沒事。」

不曉得對方是否聽到撫子在說什麼，但她聽到回應之後，像是接受撫子的說法般先行前往教室。她和撫子不同班，所以當然是前往不同的教室。

這個鞋櫃是二年二班的鞋櫃，所以周邊當然不是沒有同班同學，但他們看到撫子的可疑舉動，並沒有出言詢問。

大家都沒看撫子，沒相互交談，默默前往教室。

是的。就是這樣。

這就是二年二班的現狀。

換言之，這是「憂鬱」的校園生活。

005

若要說這是誰的錯，其實並不是誰的錯……假如以無記名投票的方式，選出這種事態的始作俑者，撫子認為大家都會投票給那個騙徒——貝木泥舟先生。

鐵定當選。

不對，撫子講得像是認識這個人，其實沒見過他。

但是，我們的關係比朋友還密切。

從關連性來看，他是超重要人物，堪稱ＶＩＰ。

除了家人、曆哥哥與月火，他是撫子至今人生中印象最深的人。因為撫子的人生因為他而大幅走樣。

因為他而脫序、瓦解。

……………

啊，這種說法也像是受害者？

不行不行，要更正。

走樣的是撫子的周圍。

脫序、瓦解的，也是撫子的周圍。

不是撫子自己。

因為撫子從貝木先生造訪這座城鎮的很久以前，就過著和現在相同的生活，毫無改變。

不過，只是撫子周圍的同學們，都變成和撫子「一樣」罷了。真的只是如此。

所以真要說的話，受害者是撫子的同學們。

接下來可能有點離題，但撫子覺得必須這麼做，所以要稍微聊一些往事。

簡單提及。

這是六月發生的事。應該說是貝木先生詐騙事件簿的其中一頁。

撫子不清楚詳情，所以某些部分是聽月火她們「栂之木二中的火炎姊妹」說的。

貝木泥舟先生，是標榜「捉鬼大師」名號的通靈人士。

形容成「忍野先生的同行」就簡潔易懂，但貝木先生的性質不太一樣，他把這份通靈能力全部用來賺錢。
若是形容為「詐騙靈媒」，這種說法有點「露骨」。
不過，這時候應該形容得「露骨」一點。
到處行騙的他，今年設立大本營的地方，就是撫子等人居住的這座城鎮。貝木鎖定鎮上的國中生為目標。
如果這部分也說得「露骨」一點，那麼貝木不是設立大本營，而是築巢。
他隨機對許多國中生販售假咒術騙錢。
坦白說，金額不算多。是零用錢勉強能支付的範圍。
這是貝木的作風。薄利多銷。
當然也有人走火入魔造成問題，導致火炎姊妹出動，但是經過一段時間之後就會發現，真正造成問題的反而是所占比例較大，零用錢勉強能支付，沒被視為問題的詐騙行為。
是的。乾脆成為事件該有多好。如同撫子這樣。
正因如此，撫子在事發前後都沒有改變個性，以同樣的風格（一如往常陰沉地）過生活。
成為「事件」並且加以「解決」，據說是一種重要的「儀式」。
正因如此，沒演變成事件，而且沒能進行這項「儀式」的班上同學們——不知不覺就草草了事的班上同學們，就這麼懷抱著鬱悶的心情，過著現在的校園生活。

繼續以這種「含糊」的方式述說，應該永遠無法讓各位感受到這種無從著手處理的「鬱悶感」，所以撫子稍微講得直接一點吧。

簡單來說，在這一班裡，超脫「誰喜歡誰」、「誰討厭誰」、「誰對誰有什麼想法」、「誰想對誰做什麼」這種個人情報框架，類似「個人對眾人的想法」這種心理層面的東西，全都「揭露」在眾人面前。

貝木帶動流行的「咒術」是國中生取向，所以應該大多是人際關係方面的咒術，進而導致這種狀況。

到頭來，貝木販賣的「咒術」真的是詐財，而且「幾乎」完全無效。所以不知為何不會造成結果，只留下原因。

自認交情很好的對象，實際上對自己是何種看法；溫柔對待自己的對象，實際上抱持何種非分之想……這一切被揭露出來之後，彼此就無法維持原本的關係，也無法和至今一樣打交道。

……總之，之後演變成何種狀況，各位大致想像得到吧。

貝木先生的目標，當然不是破壞人際關係。貝木先生始終只想詐騙國中生的錢。他在做生意。

而且，貝木先生並不是特別鎖定撫子的班級下手。他的目標是全鎮的國中生。

不過，該說是命運的惡作劇嗎？不對，應該沒那麼誇張，只是司空見慣的巧合。貝木先生販賣的「咒術」，不知為何在撫子班上大為盛行。

如果這是新流感，大概得隔離整個班吧。

這股風潮，導致現在這種「憂鬱」的校園生活。不和諧、鬱悶，沒人敢以真心交談，只有表面和平的一班。

無論說什麼話，都會被當成是謊言、表面話、口是心非。

沒發生事件，沒發生任何事的一班。

眾人裝睡的一班。

任何人都不想做任何事的一班。

大家肯定都期待明年的換班吧。畢竟再怎麼樣也不會比現在差，所以撫子也不是不期望換班。

雖然覺得非得想點辦法，卻也覺得沒辦法可想。覺得無計可施。

「…………」

撫子想說聲早安，但還是說不出口，一如往常默默地進入教室。有些學生轉頭看向走進來的撫子，也有學生毫無反應，但撫子已經不太在意了。

習慣了。

習慣這種像是在早晨月臺搭乘電車的氣氛了。

撫子縮起身體以免顯眼，走向自己的座位。

早上的班會時間是小考，得準備才行。

「……………………」

……這次撫子沒尖叫。

因為終究是第三次。而且這裡是教室。

要是有人在電車裡尖叫，旁人會覺得奇怪吧？

雖說如此，這次確實是撫子第三次想尖叫，卻是第二次和蛇有關。

這一次，白蛇清楚從撫子的抽屜現身。

扭身探出頭，露出利牙。

但是，一下子就消失了。

撫子若無其事坐下來準備小考。不過，即使這是第一次，撫子或許也不會尖叫。

因為，這一班已經像是被蛇一樣的東西糾纏固定。

撫子已經不會只因為被纏緊就尖叫——除非被咬。

006

……不過，這種從容持續不了多久。

不是習不習慣的問題。

書包裡、筆盒裡、運動服袋子裡、打掃工具櫃、走廊轉角，甚至是課本或筆記本的縫隙，都會鑽出「白蛇」纏身。持續發生這種事，撫子內心終究承受不住，而且精疲力盡。

已經不驚訝了，可是好累。

全身無力，而且不耐煩。

感覺像是接連打開眼前的一整排驚奇箱。

早就知道打開箱子會發生什麼事卻得一直開箱，堪稱一種「拷問」。

撫子認為這是幻覺。

持續過著這種「憂鬱」的校園生活，即使撫子自認不以為意，內心或許依然受到強大壓力，導致看見幻覺。套用非常著名的例子，疲勞過度的漫畫家，會看見白色鱷魚的幻覺。

不過……如果不是幻覺呢？

如果這是「那種東西」呢？

……並非不可能。

專家——忍野咩咩先生說：「遭遇怪異就會受到怪異的吸引。」一旦和怪異有所牽扯，之後也容易和怪異有所牽扯。

撫子除了六月，從來沒遇過這種事，但或許終於要迎接第一次了。

第一次，也就是第二次。

撫子會害怕。這是當然的。

但是，撫子有所覺悟。覺得這一天應該遲早會來臨。

真要說的話，沒發生任何事的日子甚至比較恐怖。

有時候，比起「可能會出事」，「出了某件事」好得多。

待命只會造成更沉重的壓力。

撫子每天都在班上學習這個道理。

就算這麼說，撫子也無從處理這個現象。

應該說，撫子曾經想以自學、半桶水（甚至不到這種程度，只是到書店翻閱過相關資料）的知識處理這種事態，卻害得事態更加惡化。

明明可以扔著不管，撫子卻沒有扔著不管，因而發生慘事，落得淒慘的下場。

所以撫子等到放學之後，以校內的公用電話打給曆哥哥說明詳情。

曆哥哥說過，如果遭遇和怪異有關的狀況，要立刻打電話通知他。

所以撫子打電話了。

「蛇……？蛇是吧……」

不過老實說，曆哥哥的反應不甚理想。

應該是因為撫子在某種程度習慣這種驚嚇，所以講起來缺乏危機感。早知如此，在鞋櫃看到（感覺到）白蛇的時候就應該打電話。

因為只有那一次，算是撫子真正「受驚」。

「是上次的蛇？」

「不……不是。不一樣。」

撫子無法好好說話。

請不要瞧不起撫子。即使對方是曆哥哥，撫子也沒辦法流暢說話。

撫子面對任何人都會「慌亂」，和父母說話時也一樣。

「上次的蛇……該怎麼說……不是看不見嗎？但這次的蛇，撫子確實看得見……那個，第一次沒看見，但是看得見……」

「這樣啊……」

撫子自己都覺得講得支離破碎，但曆哥哥耐心聆聽。

曆哥哥是很有耐心的人。

「感覺到目前為止沒造成實際損害？不像上次纏住妳的身體吧？」

「唔、嗯，沒有。」

撫子像是一口咬定般附和。

居然說咬定，講得好像撫子是蛇。失笑。

撫子覺得不可以害曆哥哥擔心才這麼說，卻也覺得反倒令曆哥哥擔心。曆哥哥眼神凶惡，但出乎意料容易將情緒表露在臉上，面對面交談時很容易看出他的想法，可惜講電話看不見他的臉，所以撫子不知道他正在想什麼。

既然不知道，講話果然不太順暢。大腦的運轉也不太順暢。

怎麼樣才能好好說明撫子現在身處的狀況？

……身處？

撫子是被迫處於這種狀況嗎？

「會從某個縫隙，或是至今封閉的空間裡，從這種地方……忽然出現。」

「這樣啊……總歸來說，蛇突然從『至今沒看見的地方』出現。哎，蛇確實有著『潛伏』的屬性，討厭明亮的地方。」

曆哥哥如此附和，像是在分析撫子的話語。

「所以是『嚇人』系的怪異？毫無意義，只是想嚇人……」

「咦？有這種怪異？只想嚇人的怪異……」

像是無臉妖怪「野篦坊」那樣？不對，記得野篦坊的起源很悲哀，撫子調查妖怪情報時看過相關的記載。

「沒有啦，妖魔鬼怪的說法，基本上大多是用來解釋某些無法解釋的事……人類會被哪種東西嚇到，是無法解釋的事。如同某人從暗處『哇！』地大喊嚇人。怪異與驚嚇的關係密不可分。」

曆哥哥如是說。

總覺得講得像是專家的意見。

好帥氣，好迷人。

撫子當然知道，曆哥哥這番話是來自忍野先生、羽川姊姊或那個金髮吸血鬼幼女的現學現賣，即使除去這個要素，撫子也覺得曆哥哥好帥。

……但除去這個要素之後還剩下什麼？撫子自己也不曉得。

「可是……撫子除了鞋櫃那次，就沒被嚇到了。」

「千石，我從以前就在想……妳的心理層面出乎意料地堅強。」

「咦？是嗎？」

其實很脆弱。

「沒有啦，要是縫隙冒出蛇，我有自信每次看到都會嚇到，會做出連我都為自己著迷的漂亮反應。」

「真了不起！」

「……不，沒什麼了不起……算了，這不重要……」

曆哥哥沉默片刻。

「這個嘛……總之，並不是所有的蛇都有毒，有些蛇是無害的。嗯……像上次蛇切繩的事件就很失敗……」

曆哥哥如是說。

咦？失敗？哪裡失敗？

撫子覺得，曆哥哥當時萬無一失地平安救出撫子啊……

「關於原因，妳心裡有底嗎？」

「原因？」

「白蛇幻覺像這樣反覆出現在妳身邊的契機或起因……或是體驗之類的。」

「體驗……」

撫子試著思考，但是完全沒有底。

所以，撫子就這麼毫無頭緒地回應。

「……沒有。」

「這樣啊……雖說怪異是基於合理的原因出現，但是以妳的狀況不太一樣。像上次也是如此。」

「…………」

「哎，總之，既然不急，就這麼等到入夜吧。」

「入夜？」

「就是等忍起床。那個傢伙最近作息很規律。不過所謂的『最近』，只不過是這兩個月罷了。」

「這樣啊……為什麼？」

「嗯，那個傢伙不久之前犯下一個天大的過錯……搞砸一件事。雖然一半以上是我的錯，但忍那傢伙把責任攬在自己身上，心情變得消沉，甚至好一段時間用敬語對我說話。」

「……」

撫子不曉得發生過什麼事，總歸來說，過度消沉的那個女生，作息似乎正經起來了。不過她是吸血鬼，晝夜顛倒才是正經又規律的作息，頗為諷刺。

「蛇切繩那時候，忍沒有提供協助，但如今沒道理不找她幫忙。」

「……」

當時與其說沒提供協助，應該說忍野忍小姐與曆哥哥的關係沒有現在這麼好，所以根本不會拜託她幫忙。

撫子不太清楚那個女生的事，即使如此，曆哥哥已經跟她和解，也是令撫子開心的一個消息。

不愧是曆哥哥。

「那個……忍……忍小姐她會吃怪異吧？」

記得提過她是這樣的吸血鬼。

好像叫作「怪異殺手」之類的。

「那麼，撫子見到的白蛇……她會吃嗎？」

「得看狀況。不過，並不是無論如何吃掉就沒事，真要說的話，我們需要的是那個傢伙的知識，她從忍野那裡繼承的專業知識。放心，如果那個傢伙喊肚子餓，我只要買 Mister Donut 給她吃就好。用嘴餵。」

「嗯，說得也是。」

咦？用嘴餵？

不對，肯定是我把「換口味」聽成「嘴對嘴」。（註5）

但撫子不曉得是先吃了什麼東西得換口味。

「順帶一提，那個傢伙最近迷上烤甜甜圈。即使現在安分多了，也只有 Mister Donut 的新商品不會放過。說到知識，其實原本應該靠羽川才對，但她現在不在。」

「不在？羽川姊姊……她怎麼了？」

抱歉介紹晚了，羽川姊姊和曆哥哥同班，是朋友。

註5　日文「換口味」與「用嘴餵」音近。

也是恩人。

撫子不常見到她，但光是見過幾次，撫子就覺得「啊，這個人不一樣」。

各方面都不一樣。

第一次見到的時候，撫子甚至嚇到逃走。關於當時的逃走場面，曆哥哥好像以為撫子內向又怕生才會逃走，但撫子再怎麼內向怕生，也終究不會在初遇某人時逃走。

而且，撫子害怕逃走之後的下場，所以面對再恐怖的人，應該都只會低著頭僵著不動。

逃走也是一種判斷，就某種層面來說很積極。

撫子做不到。

即使如此，當時撫子不顧一切逃走、頭也不回地逃走了。

是的，原因在於對方是羽川姊姊。

撫子以肌膚感受到某種東西。

該怎麼說……就是能將周圍溫度全部改變的——體溫。

肌膚的溫暖。

不用碰觸，也能經由空氣傳達的——熱量。

如同親眼目睹火災現場。

……後來，撫子得知羽川姊姊是非常好的人，所以現在不會像當時那樣害怕，但她肯定是一位「不一樣」的人，所以光是曆哥哥提到她的名字，撫子就嚇得顫抖。

說來失禮，但撫子剛才詢問「羽川姊姊怎麼了」，隱含著「她做了什麼事？」的意思。

「不，沒什麼，只是她現在正在旅行。」

「正在旅行？」

出乎意料的話語使得撫子納悶。旅行？

「可是，現在得上學吧？」

「嗯。但她請了有薪假……」

「有薪？」

撫子嚇了一跳。

高中有這種制度？

而且，聽說羽川姊姊是拿薪水就讀學校，這個傳聞原來是真的……好恐怖。

「不，不是有薪假，是申請休學……她要旅行一個月左右。那個傢伙不打算升學或就業，所以不用顧慮出席天數，但我的羽川生性正經，所以會確實辦好手續……」

「這樣啊……不過，既然是旅行，她去了哪裡？」

「環遊世界。」

「環遊世界？」

撫子又嚇了一跳。

不過，這次的驚嚇和剛才的驚嚇不一樣。因為撫子記得，不升學也不就業的羽川姊姊，畢業之後的計畫是「走訪世界」。

聽說她是對忍野先生的生活方式產生共鳴，但沒人知道她真正的想法。

不過……環遊世界？

「所、所以是……提前執行計畫？」

「不對不對。她說，為了在畢業之後走訪世界，得趁自己還是『在學高中生』這個淺顯易懂的身分時，先去探路。」

「探路……」

她果然不是等閒之輩。

居然為了走訪世界先去探路……代表撫子的預料大致正確。

「好像也是當成預演……總之，她帶著手機，並不是聯絡不上，但我終究不想讓人在海外的羽川擔心。」

「…………」

撫子覺得，曆哥哥對羽川姊姊的這份貼心，和「顧慮」有些不同。因為如果是平常的曆哥哥，即使沒事也想打電話給羽川姊姊。

難道是有事的時候反而不想打電話？這種保持距離的方式真怪。

「那麼……要等到晚上？」

「嗯，妳在家裡等吧，我會打電話給妳。我想想……忍大約晚上十點起床……就預設是這個時間吧。」

「……嗯……明白了。」

撫子同意曆哥哥的提議。

今晚十點。撫子當然沒別的行程。

雖然有一個想看的節目，但撫子設定用硬碟錄影，所以不成問題。

「如果在那之前發生任何狀況，隨時打電話給我。我不認為自己幫得上忙，但至少可以陪伴妳。」

陪伴。

意思是待在撫子身旁？

「嗯……謝謝。不過，撫子覺得不要緊。」

既然曆哥哥願意幫忙，撫子就不怕蛇這種東西。

何況，撫子只要注意縫隙或暗處就好，而且即使發生什麼事，最壞的狀況也只是「受驚」而已。

「那就晚上十點。撫子很期待喔。」

「啊？」

此時，曆哥哥壓低聲音。

撫子也在內心「啊」了一聲。

不過意思與音調都差很多。

糟了。撫子失言了。

「喂，千石……妳還好嗎？居然說期待……妳在說什麼？不是遭遇危機嗎？」

「那個……」

撫子沉默了。

沒辦法好好說。沒辦法好好辯解。

「我還是現在過去吧？感覺妳好像有些混亂……剛才那句話很不妙。居然期待和怪異有所牽扯……」

「不、不是啦，不是那個意思……」

從話筒傳來曆哥哥對撫子的擔心，撫子對此非常愧疚。

「……對不起。」

但撫子還是沒辦法好好說，只能道歉。

語塞就道歉，這是撫子的壞習慣。

撫子在為難的時候，只會沉默或道歉。

撫子只以這種做法活到現在。

「為難的時候以道歉了事，是很不應該的做法。『道歉能了事就不需要警察』這句話的意義，比大家認為的還要深奧。」

這是那位例外——羽川姊姊賜給撫子的話語。令撫子醒悟的話語。

但是，撫子完全沒活用。

即使受到名言感動，也不代表人生因而改變。

「曆哥哥……對不起。」

「慢著，這不是需要道歉的事情……」

「不要緊，撫子不要緊的……總、總之晚上聯絡。那、那個……是十點吧？」

「喂，千石……」

「電、電話卡點數快沒了。唔哇，在響了，響得好大聲，嗶嗶大叫！」

喀喳。

撫子掛下話筒。

點數還剩一半左右的電話卡（之前在安利美特買東西送的特典，曆哥哥從以前就吐槽「居然拿來用！」）從話機彈出來。

撫子捏了一把冷汗。

逃離險境了……不對，撫子剛才失言，即使被罵也在所難免，但曆哥哥是在關心撫子，所以撫子這種說法很過分。而且這是最差勁的脫離險境方法。

「…………」

話說回來，撫子失言了。

失言到令人失去言語。

居然說「期待」……雖然是不小心脫口而出的真心話，卻是絕對不能說的話語。

曆哥哥。

能夠再度因為怪異和曆哥哥一起「冒險」，撫子內心某處感到喜悅。

能夠得到曆哥哥的協助，令撫子開心不已。

撫子看見白蛇時——在第一次之後就不再受驚，或許是因為比起畏懼或驚嚇，喜悅的情緒優先顯現。

這樣就可以找曆哥哥商量了。

撫子一直在想這件事，肯定一直在等待這種機會。

……好難為情，但這是撫子率直的心情。

千石撫子希望曆哥哥相助。如同上次那樣。

「…………」

這種做法像是在利用曆哥哥的溫柔，撫子真的覺得很丟臉，也擔心曆哥哥或許會發現撫子這份心意。

撫子伸手要拿電話卡。

此時，電話卡背面又出現白蛇。撫子如今當然不會受驚，但確實一時大意而被乘虛而入，反射性地縮回手。

此時，撫子的手碰到公用電話機，話筒從掛鉤掉落。管線伸縮彈動，簡直是蛇。

撫子分神注意話筒的瞬間，白蛇已經消失。

「啊啊……這麼說來，忘記問曆哥哥關於扇小姐的事……」

撫子毫無脈絡可循就想起這件事，拿起聽筒。

「不過說真的……這個現象是怎麼回事？」

不可思議。

怪異是基於合理的原因出現。但是這次的事件，撫子心裡同樣完全沒有底。

「喂喂喂，不可能沒有底吧，撫子……啊啊？」

此時，脫離掛鉤的話筒，傳來這樣的聲音。

不，不可能有這種事。

撫子已經抽出電話卡，即使跟電話卡無關，話筒也已經掛上一次。何況撫子聽到的聲音，和曆哥哥的聲音完全不同。

該怎麼說……

是絲毫感受不到溫柔或關懷，粗魯、暴力的聲音。

「居然說未曾體驗……這樣太過分了。真是的，妳這種沒自覺的ㄚ頭最棘手了。因為妳完全不曉得自己踐踏什麼樣的東西活到現在。」

「……是、是誰……？」

撫子將臉湊向話筒，主動詢問。

撫子內心亂了分寸，聲音應該在顫抖吧，但還是不禁這麼問。

這種像是在責備撫子的語氣，撫子不能充耳不聞。

「你、你是什麼……」

但是，沒有回應。

代替回應而來的——代替回應現身的，是白蛇。

而且是大量的白蛇。

聽筒與話筒的無數小洞，出現像是涼粉的大量白蛇。

「呀、呀啊啊啊啊啊！」

撫子終究尖叫了。

不提白蛇，這幅光景在視覺上非常驚悚噁心，如果是動畫肯定得剪掉。

這當然也是幻覺。

撫子和公用電話保持距離時，白蛇就消失了。

「撫子，來北白蛇神社。」

白蛇消失之後的聽筒，傳來這個聲音。

明明距離這麼遠不可能聽得見，卻傳來這個聲音。

怎麼回事？

不只是幻覺，甚至幻聽。

撫子發生了什麼事？做了什麼事？

幻聽無視於撫子的混亂，繼續響起。

「本大爺會在那裡告訴妳，妳踐踏什麼樣的東西活到現在。」

「…………」

「沒有什麼受害者。這個世界只有加害者。你們每個小子都有著天大的誤會。」

007

撫子最近看新聞說，世上有人動不動就報警，或是叫救護車送自己就醫。

評論員說，這種人希望「得到他人協助」，也就是「想成為被他人協助的人」。

想成為「他人願意關懷、擔心，能得到他人協助的人」。

「得到協助」等同於「被愛」，也代表自己受到他人的需要。所以從這種人的心態來看，他們會故意為他人添麻煩，於事後得到原諒，藉以確認自己被愛、受到他人的需要。

聽說這全都是下意識的行為。絕對不是基於計算。

不過，無論是否基於計算，撫子這樣的人都很明白這件事——對於無法找到自我存在意義的人、無法找到自我價值的人來說，「得到關懷」是非常重要的事。

可以向曆哥哥求助的現狀，如果說撫子內心沒興奮，那是騙人的。

如果說撫子沒期待、沒臉紅心跳，那是騙人的。

……是的。和那時候一樣。

「…………」

這樣的撫子，確實有所誤會吧。但撫子是女生，所以不是小子。

這句吐槽或許太瑣碎了。

撫子等不到晚上。

撫子應該採取的正確行動，是放學之後窩在家裡，等曆哥哥打電話聯絡。

撫子至少明白這一點。

即使聽到幻聽，狀況也沒有任何變化，以目前來說肯定是「無害」的狀況。

幻覺始終是幻覺。幻聽始終是幻聽。

不過，撫子沒辦法忽略那段幻聽。

「受害者」。

蒙受損害的人。

……撫子自認沒把自己當成這種人。撫子確實容易產生受害妄想，卻自認沒有明顯認定自己是受害者。

即使受害，也不一定會成為受害者。並非絕對如此。

……所以，撫子聽到那段絲毫沒有關懷之意，暴力又粗魯的幻聽之後，不得不採取行動。

無法不為所動，也不得不行動。

撫子從學校返家，立刻換掉制服。

吊帶褲加外套。

吊帶褲是借穿媽媽的，外套是借穿爸爸的。撫子個子嬌小，所以穿起來很寬鬆，但這是喬裝打扮，反而正合我意。

撫子覺得，非得避免引人注目才行。

撫子最後出門時，並不是戴上平常那頂有帽簷的帽子，而是深深套上滑雪旅行時買的紅色毛線帽。

下壓到幾乎蓋到眼睛。

繫上外出用的腰包，裝進各種東西，鞋子也換成和平常不同的外出用平底鞋，然後離開家門。

撫子上山了。

前往頂端是北白蛇神社，和曆哥哥重逢的那座山。

撫子沒有腳踏車，所以慢慢用走的，約三十分鐘抵達山腳。爬到山頂應該還要三十分鐘吧。

撫子沒體力，走起來很辛苦。

沒辦法將登山當成嗜好。

不過，雖說是登山，也只是沿著確實設置階梯（即使老舊）又沒岔路的山路直走就好。只要時間足夠，邊走邊休息也遲早能抵達。

抵達山頂的那個地方。

……是的，如同人們只要活著、只要活下去，遲早可以達到真相、抵達真實。

就是這種感覺。

實際上，撫子好不容易抵達山頂北白蛇神社的時候，就是這種感覺。

撫子六月反覆登山的時候，「蛇」緊緊纏附在身上，所以和當時比起來，現在走這條路還算是輕鬆。

不過，抵達山頂時，撫子累壞了。

雖然沒有歷經空窗期的感覺，卻也完全沒餘力覺得久違來到這裡。

「……………………」

不對，或許不是「累壞」。真要說的話，是啞口無言。

撫子對這幅光景啞口無言。

撫子鑽過堪稱老朽至極的破爛鳥居之後，映入撫子眼簾的光景，是縫滿整座神社境內的大量蛇類。

或許該形容為擠滿整座神社。

不是白蛇，是體色普通的普通蛇。這些蛇的軀體被砍成數段，以雕刻刀穿刺在地面、樹幹、神社上。

這些蛇活著。

明明被砍成數段，卻充滿生命氣息抽搐著。不只是頭部，軀體也在抽動，如同活魚生切片。

處於這種壯烈的狀態，依然沒死。

據說蛇除非頭部損毀才會死，但眼前這些蛇的生命力旺盛到無法如此解釋。

就算這麼說，這些蛇當然沒辦法在這種釘刑狀態活下去，遲早會死掉吧。

很駭人的影像。

果然不可能改編成動畫。

撫子不曉得動物保護團體是否也將爬蟲類列入保護對象，但任何人看到這種光景應該都不會保持沉默。

不過，撫子沉默了。

千石撫子沉默不語。

為難的時候，就沉默。

「……但妳不會嚇到。如同知悉一切、徹底熟知，連尖叫都不發一聲。」

忽然間，撫子毫無前兆的聽見幻聽。這次不是透過話筒這種近代工具，感覺像是直接在耳際低語。

如同某種東西，某種噁心的東西捲在撫子身上——纏附在身上。

不過，這是錯的。

神社境內最噁心的東西，是撫子。

因為……

「沒錯。因為打造出這幅煉獄般惡夢的不是別人，正是撫子妳自己。」

「…………」

撫子無法否定。

但撫子下意識地搔頭。

「撫、撫子……」

接著，撫子這麼說。

即使丟臉，依然回應這個幻聽。

「撫子……沒做到這種程度……」

「對，這只是幻覺。」

撫子一聽到這個幻聽，眼前的光景就開始變化。看似上千條的許多蛇，以及插在蛇身上的雕刻刀，都像是「海市蜃樓」般消失。

不對，並非全部消失，只留下數條。

由於各自被砍成數段，撫子不知道正確數量是幾條，即使如此，光是計算有眼睛的頭部，應該將近二十條。

二十條……

「唔~……撫子，妳宰殺的蛇，大概是這麼多條嗎？」

宰殺、砍斷、穿刺的蛇，大概是這麼多條。

幻聽如同責備撫子般這麼說。

「如果是此等數量，妳做過吧？」

「……………」

撫子咬著下唇，連忙朝帽子伸出手，將毛線帽深深往下壓。

不只是壓到眼睛上方，甚至完全遮住眼睛。

撫子再也不想看了。

但是，辦不到。

剛才那幅光景，完全烙印在眼底。

六月見到的光景也是。撫子在六月打造的那幅光景也是。

「若是像這樣看著下方，不發一語保持沉默，或許確實可以繼續飾演受害者……不過『這次』真的會這麼『順利』嗎？」

這是誰說過的話？

是的，是扇小姐——忍野扇小姐說的……

這麼說來，她好像還說了別的事……說了某些事。

若是像這樣看著下方，不發一語保持沉默——

「蛇、蛇……」

「撫子，其實妳有選項可以選。」

即使矇住眼睛，也聽得到聲音。

聽得到粗魯、暴力，絲毫沒顧慮撫子的幻聽。

說來奇怪，這種毫不關懷的態度，似乎是現狀最好而且唯一的救贖。

因為……

「第一個選項是直接回去，妳可以忘記一切。本大爺可以讓撫子看見幻覺，也可以像這樣搭訕，但僅止於此，如同叫曆哥哥的那個人所說，本大爺無害。因為無害，所以也沒有被害。因此妳就這樣回去，也不是什麼大問題。」

「…………」

「啊，沒有啦，妳要選這個選項也行啊？本大爺不想強迫撫子做任何事。本大爺基於立場不會勉強，也無法勉強。甚至非得建議撫子選這個選項。」

「…………」

「不要悶不吭聲啦。」

撫子的沉默，使得幻聽不耐煩般這麼說。

即使如此，撫子也不發一語。

好像聽到咂嘴聲。

咦……

蛇的舌頭，在構造上可以咂嘴嗎？

「第二個選項，是『贖罪』。」

「…………」

「撫子，若妳選第一個選項，妳就直接穿過鳥居下階梯吧。然後妳再也不用來這座神社，也不准來。妳就背對本大爺被妳宰殺的同胞們，再也別回頭吧。不過……」

不知為何，撫子覺得這個幻聽似乎咧嘴一笑。

「如果妳想贖這個罪，本大爺會給妳機會。妳就取下眼罩看『這裡』吧。」

這裡……？

坦白說，撫子並不是基於「想贖罪」這種可嘉的心態脫掉毛線帽，只是對這番話產生反射性的……不對，是機械性的反應。

撫子不是好孩子。滿腦子只顧自己。

不過，正因為滿腦子只顧自己，撫子這時候非看不可。

看前面。看正面。

看看這個聲音的實體。

「呀啊啊啊啊啊啊啊啊啊啊啊……啊啊啊啊啊啊啊啊啊啊啊啊啊啊啊！」

撫子發出至今最響亮的尖叫聲。

人生最響亮的尖叫聲。

足以顛覆一切的尖叫聲。

不只是一屁股跌坐，甚至就這麼後滾翻。做出體育課從來沒成功的後滾翻。

不過，相較於蜷曲、盤繞在神社，規模巨大到埋沒神社境內的這條白蛇，撫子的尖叫應該渺小不堪吧。

實在不像是幻覺的存在感。

沒有恐怖之類的感覺。

該怎麼說，巨大過頭。

是的，只會令人覺得好厲害。

換句話說，撫子是個只能以幼稚方式思考的孩子。
「看見這裡了吧？看見本大爺朽繩了吧？」
形容成大蛇也不夠的這條蛇——朽繩先生這麼說。
「換言之，如今妳也是本大爺的同胞，是搭檔。撫子，贖罪吧。」

008

朽繩先生說受害者不存在，撫子似乎誤解這句話的意義了。不對，應該說撫子擅自以有利於自己的方式解釋。

受害者也是得負起事件部分原因的加害者；這次只是湊巧位於受到傷害的一方，任何人一不小心都會成為加害者……撫子以為是這個意思。以有利的方式、有利於自己的方式，解釋成這種常見的意思。

不過，這是錯的。不是這麼回事。

是更加單純、簡單、平凡、淺顯的意思。

是非常直接，照字面解釋的意思。

千石撫子是「大量屠殺」的凶手。完全是加害者。

沒必要拐彎抹角揣測意義。

事情發生在四個月前的六月，貝木泥舟先生引發流行的「咒術」，對許多國中生伸出魔爪的那時候。是當時發生的事。

某個男生向撫子告白。

這裡的告白，不是撫子接下來要進行的懺悔行徑，是「我喜歡妳」或「我愛妳」的表白。

是棒球社的男生。

撫子不記得他的名字，忘記了。

應該說，撫子好像打從一開始就沒聽他說。他應該沒對撫子說他的名字。或許是認為撫子理所當然認識他。

說來難以置信，但是在運動社團受歡迎的學生，很多人都是這樣。

都像這樣，深信自己是名人。

但撫子對運動完全沒興趣，最重要的是，撫子「抗拒」交往或情侶這種東西，所以撫子拒絕了。

畢竟撫子不能和陌生人交往。

而且撫子……有喜歡的人。

不過，這件事招致風波。撫子「甩掉」受歡迎的這個男生，這個事實招致嫉妒。

撫子想大喊「我明白這種心情！」來一起附和。

因為撫子很能體會她們「為什麼要對撫子這種女生表白？」的心情。不對，撫子認為那個男生有所誤會，他肯定是認錯人吧。

不過，似乎只有當事人撫子察覺這個「真相」。和撫子最要好的朋友沒能理解這件事，令撫子很難過。

她和撫子絕交了。好悲哀。

但她是個好孩子，撫子本來就抱持「她遲早會和我絕交吧？」的心態和她來往，所以撫子並沒有感到驚訝。這也是撫子實際上的真心話。

真心話？

也可以稱為逞強。

總之，請讓撫子逞強一下。

後來聽其他同學說（正確來說，應該是依照貝木先生以「咒術」廣為「揭露」的眾人想法），那個朋友是為了和棒球社那個男生交往，才和撫子成為朋友。這件事背後似乎有這種驚人內幕，但如今一切成謎。

真相埋沒在黑暗之中……不對，是傳聞之中。

再也沒人知道什麼是真相。

這是往事。

戀愛的爾虞我詐。

這麼說來，總覺得大家的做法有點笨拙……那個，這部分的事情，講越多會越難以理解，總之跳過吧。

這個朋友和撫子絕交的時候，說了這句話：「我對妳下咒了。」

這裡說的下咒，是貝木泥舟先生引發流行的咒術，那個女生對撫子下的是蛇咒。

這種咒術似乎有各種不同的變化。

不只是蛇，還有蜜蜂、青蛙，若要特別一點，似乎也有蝦子。

蝦子的詛咒是怎樣的詛咒？難道是脊椎會斷掉？

無論如何，撫子將充滿惡意的這句話照單全收。

惡意明明只是普通的惡意。不是惡人，更不是惡魔。

撫子造訪書店，調查如何解除身上的「咒術」。原本在這種時候，應該找到位於鎮上某處的貝木先生，付錢請他幫忙解決，這樣才是「正確」的做法。但是很遺憾，撫子對傳聞不熟（撫子到暑假才具體知道貝木先生這個人，事發當時不曉得咒術是「人為」的），即使知道這個傳聞，要撫子向陌生人求助，難度也太高了。

所以撫子努力試著自學解咒。這種做法成為反效果，導致原本只是幌子，不可能發動的咒術真的發動（所以撫子有所反省，這次從一開始就拜託曆哥哥）。總之，現在暫且不深入說明這件事。

撫子當時使用的解咒方式，是將野生的蛇切成五等分，依照順序釘在樹幹上。

撫子以雕刻刀切蛇。

接著以雕刻刀代替五寸釘，將蛇的各段軀體釘在樹上。

這樣的「殺戮行為」持續約一星期。

這是遵循正確程序的解咒方法。

但撫子越是解咒，詛咒的力量就越強，無形的蛇以更強大的力量纏住撫子。要不是曆哥哥發現撫子，撫子現在肯定……

「現在肯定怎麼樣呢……啊啊？撫子妳應該會屠殺更多、更多的蛇吧？」

「…………」

巨大的白蛇——朽繩先生這番話，撫子無從反駁。

是的。當時的撫子不是受害者。

因為，如果撫子當時什麼都沒做，就不會受害。

即使不是如此，被撫子殺掉的許多蛇，都只是因為撫子想救自己而犧牲。

對於這十幾條生命來說，千石撫子只是加害者。

「哎呀哎呀，不知道為什麼，本大爺真要說的話挺佩服妳的。將那麼多蛇當成活祭品殺害，而且是平白殺生，妳卻一副什麼事都沒發生的表情，喊著曆哥哥、曆哥哥假扮受害者，這不是普通人做得到的事。」

「…………」

「如果妳真的忘了，本大爺可以讓妳回想起來。讓撫子回想起當時是如何殺害本大爺的同胞。找出躲在草叢裡的蛇，勇敢又面不改色抓住蛇頭，以雕刻刀切割時的那種感覺……」

「別……別這樣……」

撫子終於說話了。

回想起雙手顫抖的感覺說話。

回想起和「勇敢」相差甚遠的感覺說話。

「撫、撫子記得……都記得……」

「喔，妳記得？」

「因、因為那是……情非得已……」

「情非得已？啊啊，對撫子下咒的那個朋友，肯定也會講同一句話吧。會說她對撫子下咒是『情非得已』。」

朽繩先生嘲笑般說著。

因為是蛇，而且因為如此巨大，撫子看不出他的表情，但是從他的聲音只感覺得到惡意。

平凡的惡意。隨處可見的惡意。

「大家都是用『因為這是情非得已啊？』這種說法輕易拋棄道德觀。盡是幼稚、孩子氣、沒大腦的傢伙。」

「……撫子是……」

「人們不曉得自己踐踏著什麼東西活到現在。任何人都覺得自己踩踏的是地面。錯了，你們踩踏的不是地面，是螞蟻、毛蟲，或是蛇。」

「！」

撫子聽他說到這裡，雙腳離開原地。

因為撫子不知何時，將白蛇踩在腳底。不對，這是幻覺，撫子沒踩到任何東西。

不過，只是這次湊巧是幻覺。

人類總是隨時踐踏著某些東西。撫子也是。

「不不不，撫子，希望妳別誤會，本大爺並不是要責備妳。因為『生物』和本大爺不一樣，非得犧牲其他生命才能活下去。這可以說是原罪、是業障、是本性。」

「…………」

「不過，撫子切蛇的行為，和平常的用餐行為相比，在意義上完全不同。因為撫子殺害的蛇——不但被殺，生命還被當成祭品的那些蛇，絲毫沒為撫子派上用場。這些蛇只是枉死，日文所說的『犬死』。形容蛇『犬死』聽起來怪怪的，但牠們比枉死還要淒慘。因為牠們的死，害得撫子更加陷入絕境……啊啊？」

「…………」

「慢著，但實際上呢？多虧如此，撫子妳才能和曆哥哥重逢，所以那些傢伙——本大爺被殘殺的同胞們，算是為妳派上用場嗎……」

「別、別再說了……」

撫子這麼說，摀住耳朵。

但這種行為無法隔絕幻聽。

是的。如今即使閉上雙眼，肯定也看得見吧。

看得見眼前盤繞在神社的巨大白蛇。

「什麼嘛……你又知道曆哥哥什麼了……那、那個人，那個人對撫子來說……」

「哎呀~關於曆哥哥的事，本大爺還算清楚喔。不過這種事不重要。因為現在的問題，在於撫子搞砸闖的禍。」

撫子「搞砸」闖的禍。

闖下的禍——失敗。

撫子忘得乾乾淨淨，甚至回想不起來的原罪。

「怎、怎樣啦……道、道歉就好嗎？要撫子道歉？把、把撫子叫到這種地方……甚、甚至讓撫子看到幻覺，逼上絕境……贖、贖罪是什麼意思？撫子該……」

撫子拚命開口說話。

因為撫子一停頓，朽繩先生似乎會永遠責備撫子下去，總之撫子硬是說下去。

「撫子該……怎麼做？」

「『該怎麼做』是吧？」朽繩先生哼笑兩聲，還露出利牙。「在這種時候，一般都會先請求原諒，妳卻連一句『請原諒我』都沒說，真了不起。」

「…………」

「就像是即使覺得自己失敗，也不覺得自己做錯事？因為『情非得已』？或許是這麼回事吧，因為在偉大的人類眼裡，蛇終究只是爬蟲類。」

「……撫、撫子，沒這麼想……」

「沒什麼。」

撫子試著解釋，卻被朽繩先生打斷話語。

「或許不應該拐彎抹角使用『贖罪』這種字眼……本大爺很久沒和人類交談，所以拿捏不到分寸。抱歉抱歉，是我的錯。啊啊？」

反倒是朽繩先生向撫子道歉了。但從他的語氣完全感覺不到誠意，甚至像是打從心底瞧不起柔弱的撫子。

如果形容成「瞧不起」太過分，可以形容為「捉弄」的感覺。

「放心，本大爺是對撫子有個請求。如果撫子對於殺害本大爺十幾條同胞的行徑稍微感到愧疚，希望妳聽聽本大爺一個小小的請求。」

「請求……」

「嗯。還是說，妳希望本大爺換成另一種說法？」

朽繩先生——這條白色的大蛇，那張不可能有表情的臉上，嘴巴張得好大，而且愉快地對撫子使了一個眼神。

撫子實在沒辦法覺得可愛。

「撫子，幫個忙吧。」

「…………」

撫子認為，這是撫子沒辦法做到的要求。

但是，撫子更沒辦法拒絕。

「知……知道了。」

撫子這麼說。

摀住耳朵，看著下方這麼說。

撫子這麼說。

「只……只幫忙一點點喔。」

但是回想起來，這個物語的結局已經在此時註定。即使在這時候得知朽繩先生要撫子做什麼，即使在這時候知道朽繩先生想對撫子做什麼，即使得知背後的真相，撫子應該同樣會點頭答應，所以撫子覺得命運不會改變。

這樣的物語，只是物語。

和曆哥哥相互廝殺的未來，正一分一秒接近著。

009

「是喔……所以妳再也沒看見那個白蛇？」

「唔、嗯……已經沒事了。現、現在回想起來，從鞋櫃冒出來的白蛇，或是從抽屜冒出來的白蛇，或許都只是多心。」

「樹精？所以果然是怪異吧？」（註6）

「不、不是。是『多心』。」

「這樣啊……但願如此……」

「唔、嗯。所以沒事了。這是最好的結果。」

夜晚，撫子回家之後，曆哥哥依照約定，十點整打電話過來。

一秒不差。

曆哥哥不同於經常遲到的風評，意外地「守時」。

註6　日文「多心」與「樹精」音同。

「對、對不起，講得好像發生什麼大事……撫子肯定是心理變得軟弱了。這、這樣不太好吧……不能凡事都怪罪給怪異。」

「……哎，話是這麼說……唔～等我一下，忍就在我旁邊……」

曆哥哥說到這裡，似乎從耳際拿開手機。但曆哥哥手機的收音很好，撫子隱約聽得到聲音。

『忍，千石那個傢伙說她多心，妳認為呢？』

『即使是多心，在這個時間點亦等同於怪異吧？哼……不過，以那個瀏海姑娘之狀況……哎，既然這樣，當成這麼一回事或許比較好，別管了。』

『是嗎？不過依照上次的教訓，我覺得再怎麼提防都沒有提防過度的問題。不覺得當面問一下以防萬一比較好嗎？』

『不覺得，完全不覺得，連一丁點都不覺得。既然當事人說沒事，就不應該深入追究。何況她從一開始就說危險性不高吧？』

『話是這麼說……可是……』

似乎在商量。

雖然情非所願，但撫子這時候不能為曆哥哥打氣，而是非得為忍小姐打氣。

加油～加油～

「明白了。」不久之後，曆哥哥回頭講電話。「千石，既然這樣，就當成圓滿收場吧，可喜可賀。但如果妳說的多心才是多心，果然有某種怪異在作怪，妳要確實通知我喔。」

「唔、嗯，知道了……曆哥哥，謝、謝、謝、謝謝你。」

撫子說完結束通話。

曆哥哥難得打電話過來，其實撫子想要多多享受講電話的樂趣，但撫子終究知道現在沒空這麼做。

「哈哈哈！」

撫子放下話筒，稍微喘口氣的時候，右手傳來這個聲音。

正確來說是右手腕。

白蛇如同手鐲，纏附在撫子的右手腕。不對，從粗細度來看，應該形容成髮圈。

實際上這不是手鐲，也不是髮圈。

實際上是白蛇。如字面所述，白色的蛇。

是朽繩先生。

只是因為鱗片倒豎，所以看起來鼓鼓的。

「對心愛的曆哥哥說謊囉……可以嗎？這樣簡直是以謊言隱瞞謊言，在人生當中重複這種事，將會造成無法挽回的後果喔，啊啊？」

「……別、別講得這麼大聲。」

撫子按住手腕悄悄上樓，以免客廳的爸媽察覺。

接著進入自己的臥室上鎖。

總之，這麼一來可以稍微放心。

撫子鬆了口氣。

「用不著偷偷摸摸的，因為只有妳聽得見本大爺的聲音。」

「…………」

撫子知道這種事。

但撫子即使知道，還是想避免他人看見撫子和朽繩先生交談。就算沒人聽得到朽繩先生的聲音，撫子對聲音產生的反應，也會完全被周圍的人看在眼裡。

何況，所有人都看得見位於撫子手腕，變成髮圈大小的朽繩先生。

「……朽繩先生既然可以變成這麼小，為什麼一開始要以纏住整座神社的巨大體積登場……？」

撫子率直提出疑問，朽繩先生立刻哈哈大笑。

「這是效果啦，效果。登場時營造的效果。因為怪異這種東西，要是沒能嚇到人類，就會失去存在的意義。」

他這麼說。

怪異就是要嚇人。

這是曆哥哥說過的話。

「……實際上是多大？」

「本大爺沒有體積可言。因為本大爺只是一個概念。」

「概念……」

撫子聽他這麼說，回想起一年級學到的數學知識。

直線並非實際存在的東西，是概念。

沒有長度，也沒有寬度。

指定長度或寬度之後就不是直線，是線段。直線始終是通過某兩點筆直延伸的一條線，長度是無限，寬度是零。

撫子不太懂。

那個老師究竟在說什麼？

老師真的明白自己在講什麼嗎？

至於「射線」這個詞，則是更加莫名其妙……不過撫子認為，當時聽到的直線定義，和朽繩先生現在說的這番話頗為一致。

總歸來說，就是只用來說明理論，只存在於人們腦中的一種東西。

「所有人都看得見現在這樣纏附在撫子手腕的本大爺，但這只不過是因為在撫子的認知中，本大爺是『所有人都看得見』的存在。稍微講具體一點，這是本大爺憑依在撫子身上的狀態。」

「憑依……」

居然是憑依。

那不就是天大的問題嗎？

記得神原姊姊的左手臂，是不同於憑依的另一種狀態？

「總之，不用在意，沒什麼大不了，反正只是臨時性的，妳就在完成工作之前忍耐一下吧，哈哈！」

他似乎很愉快。

看起來總覺得是因為得到實際的軀體而喜悅，不過怪異有喜悅的情緒嗎？

啊，不過像是忍小姐，看到甜甜圈當前就會雀躍不已。

撫子不懂。

撫子嘆口氣，坐在房間中央的坐墊。雖然有點不檢點，但撫子累了。

不是因為對曆哥哥說謊而覺得累。撫子不是老實人，難免會說謊。

如同大家都會說謊。

而且，這次並不是第一次對曆哥哥說謊……不過，撫子的累並不是登山的結果。

身體完全不疲勞，沒那種東西。

這份疲累，是對未來的疲累。

雖然不是絕對，但撫子想到今後的事，就無法擺脫這份「倦怠感」得到自由……

「唔！」

但撫子不能老是這樣。因為要是事情沒進展，撫子手上將永遠戴著這個品味很差的髮圈。

「居然覺得品味很差，太過分了吧……啊啊？」

「……你會讀心？撫子剛才……應該沒把想法說出來吧？」

「不，只是從表情推測。任何人被這種充滿厭惡感的眼神注視，都會這麼想。不過，現在的撫子和本大爺在精神層面相繫，所以這種推測很容易猜得準。」

「…………」

撫子以為他會讀心的時候，習以為常地冒出抗拒的感覺，知道他不會讀心之後，卻覺得有點失望。

不過，撫子失望的原因，在於如果朽繩先生會讀心，撫子就不用講話了，可以樂得輕鬆。

「那、那麼……朽繩先生。」

「『朽繩先生』是吧……其實很希望妳稱呼本大爺是『朽繩大人』，但是期待一個搞不清楚狀況的少女虔誠信仰神也是強人所難。撫子，什麼事？」

「……撫、撫子該怎麼做？」

贖罪，或是請求。

撫子還不知道詳細內容。

剛才在那座神社，撫子一允諾，朽繩先生的巨大身體就在撫子眼前縮小，纏附在撫子的右手腕。

他說：「總之晚上再詳細說明，本大爺用盡力氣了。」接著就這樣睡著。

看來，朽繩先生讓撫子看見幻覺、聽到幻聽的時候，大幅消耗自己擁有的能量。

束手無策的撫子，到最後什麼都沒做就回家了。

撫子回家沒多久，朽繩先生就醒來，但撫子還沒詢問細節，曆哥哥就打電話來。

「撫、撫、撫、撫、撫……」

撫子說得結結巴巴，但還是絞盡勇氣。

這是撫子非得問的問題。

「撫子得、得做出哪種……色色的事情？」

「為什麼！」

被怪異吐槽了。

露出利牙的吐槽，使得撫子在坐墊上往後仰。

這種吐槽太恐怖了。

「撫子，妳為什麼會這麼想？妳的前途堪憂。」

「不、不是嗎？可是，蛇在心理學是性的象徵……」

「撫子，別把這種下流概念和本大爺相提並論。真是的。妳該不會被曆哥哥還是神原姊姊影響過度吧？啊啊？」

「…………」

撫子無話可說。

丟臉至極。羞死人了。

「那、那麼……撫子不用脫吧？不用換上學校泳裝，或是穿上燈籠褲吧？」

「嗯，不是那種要求。」

「這樣啊……」

因為是撫子，所以輕撫胸口。

感覺聽得到神原姊姊失望的嘆息聲。

「……？可、可是，朽繩先生為什麼知道神原姊姊的事？」

「之前不就說了嗎？無論是神原姊姊或曆哥哥，本大爺早就知道了……啊啊？」

「你、你果然讀了撫子的心……」

「就說不是那樣了。」

「那、那麼，是讀了撫子的《COROCORO》？」（註7）

註7　適合小學生閱讀的漫畫月刊，和日文的「心」音近。

「為什麼國二學生還在看那種東西？」

有什麼關係？

很好看喔。

「就說過不是那樣了。本大爺只是『看見』了。看見你們那天在那座神社進行的儀式。」

「……那麼，你……朽繩先生住在那座神社？」

原來是這麼回事？

所以他才知道曆哥哥與神原姊姊的事，知道撫子在那座神社進行的「大量屠殺」行徑？

不過，這麼一來……

咦？換句話說……

「你、你是……那座神社的『某種東西』？」

「撫子，別講得好像事到如今才發現。從神社名稱就明白吧？」

「神社名稱……記得是北白蛇神社……所以怎麼了？」

「居然這麼問……看到白蛇本大爺，好歹要稍微想通吧？撫子真遲鈍，啊啊？」

「…………」

撫子確實遲鈍，所以無法反駁。

咦？可是，所以，換句話說……

那麼，這位朽繩先生，該不會比撫子想像的還要「偉大」許多？

「朽繩先生……你是那座神社『祭祀』的人……蛇嗎？」

「沒辦法斷言正是如此，因為那座神社失去信仰已久，現在只是『髒東西的聚集地』。不對，形容為『垃圾堆』或許比較正確。」

「……這麼說來，忘記誰也這麼說過……」

雖然該處原本的功能還在運作，卻已經不再是祭神之社……當時說得很艱深，所以撫子忘記了。正確來說，應該是因為很艱深，所以撫子打從一開始就沒聽進去。

「那、那麼……可是，您果然很偉大吧。不、不對，確實很偉大，受人尊敬。」

「妳現在才改成鄭重的態度，本大爺也很為難……何況本大爺已經不偉大，妳不需要硬是用敬語。本大爺和撫子今後就以對等搭檔的身分合作吧。」

「搭檔……」

他一開始也提到這個詞。代表彼此關係的詞。

「我們彼此都不算是朋友的交情吧？」

「…………」

撫子覺得沒錯。

但是事實上，即使他說撫子無須鄭重其事，撫子也很難這麼做。因為既然這位朽繩先生住在神社，就代表他是神（看起來完全不像就是了）。

是神耶，神。

……咦？

可是，撫子記得忍野先生說過，「怪異」的概念都近似於神。

不對，講得極端一點，人類以外的存在或概念都是神——也就是八百萬之神。

神，隨處可見。

忍野先生如是說。

就算這樣，即使隨處可見，沒尊敬顯然是神的對象也很奇怪……不過，撫子面對任何人都沒辦法使用「不失禮的說話方式」，所以沒有鄭不鄭重的問題。

至少當事人（當事蛇）說沒關係，那撫子應該可以不使用敬語吧。

所以撫子以平輩語氣開口。

「那個，所以朽繩先生……你說撫子不用做色色的事，那撫子要做什麼？撫子做不到別的事啊？」

「……撫子，妳正值對這種事充滿興趣的年紀呢。還有點自虐。」

朽繩先生無奈般在撫子手腕抬頭挺直（不過，朽繩先生無論是高興還是難過，應該沒辦法做出抬頭以外的反應吧），吐出舌頭。

看起來像是吐舌頭扮鬼臉。

「不過，本大爺得要求妳做別的事。老實說，除了撫子，本大爺沒人能依靠。有件事要在剛開始講明，本大爺是衝著妳的弱點、衝著妳的自卑感、利用妳的愧疚感，想對妳提出請求。這代表本大爺不惜這麼做，也要拜託撫子一件事。」

「…………」

「連一點反應都沒有……哼，打從一開始就明白這一點嗎？原來如此。看來妳這女生實際上不像外表那麼遲鈍。」

「……撫、撫子……」撫子吞吞吐吐。「很、很遲鈍……慢吞吞的……」

「這很難說。算了……那本大爺就說出請求吧。哈哈哈，神居然拜託人類幫忙，時代變囉。」

「…………」

「本大爺想拜託撫子的事情，是『找東西』。」

只有這句，朽繩先生並沒有說得暴力或粗魯，而是莫名地直截了當。

莫名？

不對，或許應該形容為……嚴肅。

「希望妳幫忙找出本大爺的屍體。」

010

隔天早上，撫子一如往常上學。

是的，即使看見幻覺、被神附身，還是非得上學。這就是國中生。

早上起床，換上制服，走在上學的路上。

完全是國中生的生活。

唯一和平常不同的地方，就是套在右手腕的髮圈。得宜稱這是撫子以己身品味挑選的配件，撫子很難受。

「那、那個，朽繩先生……你要套在撫子手腕沒關係……撫子在這方面已經放棄了，但是不能讓別人看不見你嗎？」

「並不是不能，但本大爺不想無謂消耗力量。本大爺現在是藉由撫子的身體，讓自己樂得輕鬆。」

「樂得輕鬆……」

「放心，別人聽不到本大爺的聲音，而且在學校，本大爺會好好假扮成普通的飾品。本大爺不會侵害撫子的日常生活。」

「………」

其實撫子的意思是他這樣可能會被老師沒收，但撫子講到一半，就沒自信能夠好好說明，所以對話至此中斷。

反正撫子被罵一頓就好。

而且要是沒收，撫子覺得這樣也不錯。

這是走一步算一步，順其自然的心態。

就這樣，撫子抵達學校，在鞋櫃換鞋。當然再也沒有白蛇從裡面爬出來。

那個幻覺是朽繩先生傳給撫子的信息，那個白蛇是信差，所以在能夠直接溝通的現在，朽繩先生沒理由這麼做。

……朽繩先生似乎是「絞盡最後的力氣」，將這個信息傳給撫子。

「喂，喂，撫子，為什麼要換鞋？為什麼非得做這種事？」

「……天曉得，為什麼呢？撫子沒想過，但這是要避免校舍髒掉……那個，接下來別說話喔。」

「嗯，本大爺明白，用不著叮嚀。何況本大爺原本就沉默寡言。和撫子一樣。」

「…………」

撫子無法相信。朽繩先生真的願意假裝成普通的飾品嗎……

撫子進入教室時，班上同學的反應一如往常。撫子同樣一如往常就座。

「學校啊……那座神社以前也會舉辦類似的教育活動。」

「…………」

該說正如預料嗎？

即使周圍有人，朽繩先生也沒保持沉默。

他纏附在右手腕動也不動。基於這一點，姑且算是「假裝成飾品」，但如果他宣稱這樣就算守約，撫子有點無法接受。

「不自然地建立秩序，真噁心。不對，這是這個班級獨特的氣氛？總覺得像是相互牽制，戰戰兢兢，該怎麼說……」

「…………」

撫子離開座位，走出教室。

就這麼穿越走廊，走上階梯，來到最上方禁止進入的樓頂門前。

「朽繩先生。」

「什麼事？」

「閉嘴。」

撫子認真請求。這是撫子這輩子第一次如此斷然拜託他人。

不過他不是人，是蛇。而且是神。

但即使是新年參拜，撫子人生當中每一年的元旦，都未曾如此正經許願吧。

「哈哈，抱歉。本大爺說自己沉默寡言是假的。」

「太快翻供了啦……」

撫子也沒相信過就是了。

即使沒相信，也不能對他改口的行徑「視若無睹」……撫子甚至對他的坦承感到「憤慨」。

「朽繩先生，請聽清楚喔。」

「什麼事？」

「你應該早就知道了，撫子是個溫順的孩子。」

「溫順的孩子？」

「溫順、內向、文靜的孩子。」

「是個沒有存在感的傢伙。」

「對。撫子就是一個沒有存在感的孩子。」

撫子對手腕講悄悄話。

……要說哪裡有問題，這個構圖就是問題。現在這裡是沒人的階梯，所以無妨。

不過，這幅光景的問題很大。

「這種沒有存在感的孩子，居然在和自己的手腕說話，你覺得班上同學看到這一幕會覺得怎樣？」

「會覺得怎樣？」

「會覺得撫子是『可憐的孩子』。」

從「溫順的孩子」升級為「可憐的孩子」。不對，不應該裝腔作勢，應該率直形容為「降級」。

要是在現在這個班上變成這樣，後果將慘不忍睹。

「是嗎？本大爺覺得不會有太大的改變啊？即使妳的立場稍微改變，又有什麼東西會改變？」

「…………」

還用問嗎？就是撫子的立場啊……

「何況妳不會和任何人說話，他們怎麼想都沒差吧？不會交談的對象，無論對妳有什麼想法，對妳來說都沒差吧？不是嗎？」

「…………」

唔唔？咦，是這樣嗎？

撫子不知不覺差點認同，卻覺得像是被瞞騙……撫子不認為神會騙人，但是正因為他是神，應該可以擅自對人的心情亂來。

可以說謊，也可以乘人之危。

「朽繩先生，總、總之……」

「嗯？喂喂喂，撫子，妳就像這樣，只以『總之』或『暫且不提』這種轉折用的話語待人處世至今？沒有好好交談？明明不認同本大爺的說法，卻沒有反駁也沒有思索就扔到旁邊不管，這就是撫子的處世之道？」

「……總之……」

撫子的處世之道，就是看著下方、沉默不語，等待對方自行離開。

「我們約定過，撫子白天可以自由行動……白天可以過著一如往常的生活……只需要在晚上尋找朽繩先生的『屍體』……」

「本大爺沒約定過。不過，哎，確實如此。這麼說來……」

「……………」

「不，還是有約定過……嗯，本大爺知道的，沒錯。既然撫子願意將晚上的時間用在本大爺身上，本大爺就不會限制妳的行動。本大爺雖然纏附在撫子手腕，卻不是手銬。」

「………………」

昨天晚上，撫子和朽繩先生做出的「約定」如下所述。

不對，或許這果然不足以稱為約定，也不算是交易，因為撫子後來只變得對朽繩先生言聽計從。

希望妳幫忙找出本大爺的屍體——撫子聽到這句話的時候顫抖了。

「屍體」這個「可怕」的詞嚇到撫子。

找屍體？

「……怎、怎麼回事？朽、朽繩先生……屍、屍體是……」

「喂喂喂，撫子，別把屍體講得像是髒東西。妳現在的表情，就像是得知被罰掃廁所的小學生。」

「為、為什麼舉這麼具體的例子……？」

一點都不像神。

朽繩先生哈哈大笑。

「沒什麼，本大爺現在和撫子同化，所以即使無法讀心或解讀記憶，還是可以調出很多知識來用。」

「……心與記憶不是知識……？」

撫子不太懂。

難道是曆哥哥與忍小姐的關係，或是白羽川姊姊與黑羽川姊姊的關係嗎……不，和他們兩組比起來，撫子與朽繩先生之間，應該有著明顯的階級關係。

「哎，即使如此，孩子抗拒掃廁所的心態，從以前就沒變。不過撫子，本大爺想拜託撫子的事情不是打掃，是撿垃圾。」

「撿垃圾？」

「稱不上是尋寶吧。即使是本大爺，也沒辦法說自己的屍體是寶物。但人類將本大爺的屍體當成神來祭祀。」

「…………？」

「也就是『御神體』。那座神社曾經祭祀本大爺的屍體，但現在失去了。」

失去的東西，應該不只是御神體吧。

那座神社——北白蛇神社失去了一切。包括御神體、信仰、力量，全部失去。

如今，那裡是個普通的場所。

不對，甚至應該說那裡「曾經」是個普通的場所。曾經是個聚集地。

「嗯。本大爺能維持現在這個樣子，堪稱一種奇蹟。不對，應該說都是託那個吸血鬼——忍野忍，前姬絲秀忒・雅賽蘿拉莉昂・刃下心的福。」

「…………」

怪異之王——忍小姐來到這座城鎮，除了引來貝木泥舟先生這樣的騙徒，也引來各式各樣的東西。

各種「髒東西」。

最明顯聚集這種東西的地方，就是堪稱廢墟的那個聚集地——堪稱「氣袋」的那座神社。

撫子被他人施加，原本不可能有效果的「咒術」，以及撫子查出的「解咒法」，都因為這些「髒東西」而活化。

而且，本應早已毀滅的神——朽繩先生，也因而復活。

「換句話說，又是忍小姐造成的……」

撫子垂頭喪氣。

這件事不能告訴曆哥哥。

至少基於這個觀點，撫子拒絕曆哥哥協助的判斷是正確的。

「強大的力量光是存在於某處，就會對周圍造成正面與負面的影響，這種事沒有責任可言。說到責任，撫子，妳剛才雖然講得像是別人的錯，但妳的大量屠殺，到頭來也是導致現狀的原因之一吧？」

「…………」

撫子聽他這麼說，就無話可說。

但即使他怎麼說，撫子本來就無話可說。

「不過，本大爺感動又奇蹟般的復活，終究是暫時性的現象──暫時性的奇蹟。如同一場錯覺。本大爺很快就會再度消失。」朽繩先生如是說。「本大爺現在等同於幽靈。」

「……神、神的幽靈？」

不對，是怪異的幽靈？好複雜。

也就是說他……近似幻覺？

「哎，詳情就省略吧，總之，堆積在那個聚集地的『髒東西』，被某個傢伙幾乎用光。這些『髒東西』是本大爺打造形體的能量來源，但是這些靈力能量，被用在某個非常不重要的地方，本大爺只能在神社裡默默坐視這一切。」

朽繩先生如是說。

該怎麼說，從朽繩先生這番話，看得出他難得出現「悔恨」的心情。

撫子不太懂，但是居然有人擅自用光朽繩先生的能量來源，真過分。

「是、是誰……究竟是誰做出這種事？」

「哎，其實是小忍。」

是小忍。是忍小姐。

原因與結果都是她。

這就是所謂的「自導自演」吧？

「聚集地裡的『髒東西』，是那個吸血鬼己身力量造成的，要如何使用是那個傢伙的自由，但是本大爺這個概念，也確實因而成為風中殘燭。」

「……所以為了避免燭火熄滅……需要你的屍體……？」

以屍體當成新的能量來源。

這是為了活下去——不對，他終究不算是「活著」吧。

尋找屍體，是為了「續存」。

讓自己「司空見慣」地存在。

「總之，就是這麼回事。換句話說，這是本大爺的『用餐』形式。無論是神還是人類，都必須吃某些東西才能自保，這部分出乎意料沒什麼不同。」

「用餐……」

「為了活著而吃。不過在這種場合，本大爺不會為了活下去而殺害生命。」

「…………」

「嗯嗯？妳好像有意見？難道妳想說『撫子殺蛇也是為了活下去，是情非得已，所以沒道理遭到責備』這樣？」

「沒、沒有啦……不是這樣……何況，撫子當時失敗了……只是……」

「只是怎樣？」

「沒事。」

「嘖。」

撫子收回原本要說的話，似乎令朽繩先生不耐煩。即使不是朽繩先生，面對這種舉棋不定又畏首畏尾的態度，應該也會不耐煩吧。

「有話想說就好好說出來，不然沒辦法建立信賴關係。」

「信賴關係……」

「妳不想建立這種關係嗎？但本大爺要聲明一件事。本大爺和撫子至今來往的所有人不同，不會去任何地方。因為本大爺就這樣纏在撫子右手無法離開。」

「……意思是……朽繩先生現在把撫子當成能量來源吧？就像是備用電池……」

「只是應急罷了。這樣下去，本大爺果然只有消失一途。所以無論如何，都必須讓撫子找到本大爺的屍體。」

「你沒辦法……自己找吧？」

如果可以自己找，就不會尋求撫子的協助。

「對。基本上，本大爺無法離開那座神社。」

「這樣啊……」

現在回想起來，朽繩先生這句話是失言。朽繩先生說他「無法離開神社」，撫子沒深思就接受了。

不過，撫子應該思考才對。

思考朽繩先生「無法離開神社」的理由。

「所以，非得請撫子幫忙找本大爺的屍體。」

「朽繩先生……可、可以不要把屍體兩個字掛在嘴邊嗎？這、這樣很可怕，而且聽起來莫名毛骨悚然……」

「就說了，別把屍體講得很可怕、毛骨悚然或骯髒。即使不是本大爺的屍體也一樣。」

「撫、撫子沒說骯髒……」

是朽繩先生自己用掃廁所舉例的。

何況，即使撫子不會主動要求，但無論分配到打掃哪裡都不會偷懶。

畢竟撫子不想被罵。

「形容成『御神體』，撫子比較不會抗拒討論這件事……應該吧。」

「說自己的屍體是御神體，挺不好意思的。屍體與神體是吧，哼，明明日文發音只差一個字，造成的印象卻差這麼多……總之，這就是本大爺對撫子的請求。」

「…………」

為了續存而尋找「屍體」。為了司空見慣地存在，進行尋屍任務。

他費盡心思使用各種手段叫來撫子，委託內容卻堪稱簡單至極。

不過，這就代表這件事對朽繩先生多麼迫切又重要吧。

有一句日文俗語是「海千山千」，意思似乎是蛇在海裡住一千年、在山上住一千年，就可以成為龍……從朽繩先生的字裡行間來推測，他原本應該是普通的蛇吧。

而且這條蛇在死後成為御神體，由那座神社祭祀。這代表朽繩先生至今經歷過兩次死亡，一次是祭祀的時候，一次是神社失去信仰的時候。

他不願意經歷第三次。

應該是這麼回事吧。

「朽繩先生。」

「什麼事？」

「為什麼選撫子幫忙？」

撫子想知道這件事。

如今撫子明白，協助朽繩先生是撫子唯一的選擇。正因如此，撫子想問原因。

「不，並不是用選的。」

但是，朽繩先生的回應很冷漠。

這種冷淡的特質，和蛇一樣冷血。

但撫子不曉得蛇是否真的冷血。

「只是因為只能找撫子幫忙。」

「…………」

只聽這番話，會覺得撫子和朽繩先生之間似乎有著堅定的羈絆，但是該怎麼說，並不是這種感覺。朽繩先生洋溢的氣氛更加直白。

「因為只有撫子和本大爺『對頻』……啊啊？」

「『對頻』……」

「本大爺是配合撫子使用這個時代的說法，但是對本大爺來說，形容成『緣分』比較好懂。那座神社失去信仰之後，再也沒和任何人連結，唯一的例外，就是在那座神社勤於殺蛇的撫子。」

「……不是自願選撫子，而是只能選撫子……可是，曆哥哥或忍小姐也……」

「曆哥哥或忍小姐，確實也在那座神社玩過不少事，但他們和本大爺的緣分不夠密切，沒能對頻。撫子畢竟直接宰殺本大爺的同胞——宰殺本大爺的眷屬，所以這方面占優勢。即使如此，本大爺還是花了將近兩個月才調整到相通的頻道，就像是把細細的緣分當成麵條慢慢拉。」

「…………」

然後就歸結到這裡了。

結果，這是對於罪孽的懲罰。

不是榮幸獲選，始終只是贖罪吧。

無論朽繩先生再怎麼說、再怎麼巧妙掩飾，對於撫子來說，都是當時行徑的善後工作。

不過，形容成麵條也挺奇怪的。

因為是蛇，所以又細又長？

「……飯。」

「啊？」

「人類會吃飯吧？」

「嗯。本大爺『活著』的時候也得吃東西，而且如剛才所說，即使是現在，同樣需要取得能量藉以『續存』，因此向撫子索求能量。」

「朽、朽繩先生說，撫子做的事情和每天吃的飯不一樣……但應該一樣吧？」

「嗯？妳說什麼？在講藉口？」

「不、不是啦……」

撫子無法好好說，無法將自己的想法化為言語。

不過，這也是撫子剛才想告訴朽繩先生，後來卻收回的想法。

即使講得拙劣，為了彼此今後的關係，撫子還是應該說出來。

「撫子想說的是……既然犯罪絕對得受罰，『吃飯的報應』肯定存在吧……」

「…………」

「撫子覺得，這就是所謂的食物鏈……『既然吃了某些生物，就會被某些生物吃掉』。可是……要是位居食物鏈的頂點，就再也不會被吃吧？」

撫子一邊思索，一邊開口。

「人類不會被任何生物吃掉，只會吃掉、殺害生物……不會因為犯罪而受罰。」

「…………」

「大家在說『我要開動了』時，抱持著多少『享用自己以外的生命』的想法？」

「……食物鏈不是這麼單純的東西吧？只是因為畫成金字塔形比較好懂，本來應該畫成圓形，如同銜尾蛇那樣。即使是人類，化為屍體之後也是微生物的食物吧？」

「…………」
這段「正確」的回應，使得撫子不再說話。不對，撫子想說的不是這個。
撫子的話語或想法，都無法傳達給他。
「撫子，怎麼了？」
「沒事……明白了。總之……」
撫子說了。說了「總之」。
「總之，撫子接下來找到朽繩先生的神體就行吧？只要找到神體，你就會釋放撫子吧？」
「…………」
「居然說釋放……本大爺並不打算逼撫子聽命，始終只是利用撫子的罪惡感。」
感覺這就是在逼撫子聽命，但朽繩先生確實沒強迫撫子找東西。
他有提供選擇的餘地。
之所以讓撫子看見白蛇幻覺（大概是經由相同「頻道」），並不是想威脅撫子的日常生活，只是一種訊息，是單純的「呼喚」行為。
「……總、總之……」
撫子又說了。
「……明白了。撫子會找出朽繩先生的神體。」

「那真是幫了大忙。但本大爺不會道謝。」

「…………」

為什麼不道謝？

因為是神？

「那麼，朽繩先生，你的屍體在哪裡？」

「不知道。」

「在那座山上的某處嗎？」

「不知道。」

「在這座城鎮嗎？」

「不知道。」

「幾時不見的？」

「不知道。」

「大約多大？」

「不知道。」

「和剛開始一樣大？」

「不知道。」

「還是和現在一樣小？」

「不知道。」

「多重？」

「不知道。」

「像是白骨？還是木乃伊？」

「不知道。」

「多久了？」

「不知道。」

「嗯！」

撫子笑容滿面，輕拍大腿。

「有這麼多情報，就等於已經找到了……慢著，搞啥啊！」

撫子吐槽了。

這是「自我吐槽」。連曆哥哥都很少表演。

撫子還用了關西腔，簡直令人不忍正視。

「這、這樣哪可能找得到……換句話說，根本沒線索吧？」

「哎，也可以這樣形容吧。」

只能這樣形容。日文的形容方式沒那麼廣。

尋找沙漠裡的一根針，或許還比較簡單。因為在這種狀況，至少還知道要找的針在沙漠某處。

……但撫子無法理解，為什麼非得在沙漠裡找一根針……

「不可能啦……這種事，花一輩子都不可能啦，就算下輩子投胎當上公主也不可能啦。」

「為什麼要以下輩子投胎當公主為前提？慢著慢著，不用擔心，本大爺就是為此而和撫子同化。若以『對頻』來解釋，本大爺的屍體——也就是神體，和本大爺有著最堅強的聯繫，既然撫子和本大爺同化，肯定可以很快找到。」

「很快……」

「只要努力，就很快。」

「撫子不想努力……」

「不對，這部分得努力吧？」

「…………」

換句話說，纏附在手腕的這個髮圈，會提供探測功能嗎……既然這樣，或許比在沙漠裡的一根針好找。

不過，就算這樣……

「……那具神體，有沒有可能壞掉或燒掉，已經不在這個世上？」

「有可能……總之如果是這樣，就只能死心了。」

朽繩先生講得很灑脫。

真的這麼灑脫的話，一開始就不會找撫子幫忙吧……

如果是撫子，在只能依賴撫子的時間點，就會死心。

「……時限大約多久？撫子要在什麼時候之前……找到朽繩先生的神體？」

「天曉得……本大爺是風中殘燭，何時消失都不奇怪。雖然現在靠著撫子的能量『續存』，但妳終究是緊急備用電池，很遺憾，規格不符。」

「規格？」

「就像是硬是持續使用外國的插座。放心吧，本大爺不打算就這麼占據撫子的身體，也不會同化到撫子死掉。如果撫子不願意，只要就這麼忍耐下去，本大爺遲早會消失。」

「…………」

「努力或忍耐，二選一。」

「…………」

看來，朽繩先生始終會提供撫子複數選項，但撫子基於立場，沒有選擇的餘地。

至少撫子這麼認為。

撫子不想一直套著這種品味很差的髮圈，何況忍耐與努力在撫子內心同義。

「撫子會幫忙找……不過，朽繩先生。」撫子如此詢問：「撫子可以上學吧？」

「啊啊？」

「應該說……撫子可以正常的過平常的生活吧……那、那個，撫子……不、不想引人起疑。」

「引人起疑？誰？」

「……曆哥哥。」撫子率直回答朽繩先生。「因為撫子解釋成『沒事』……解釋成『多心』……」

「……？撫子，真要說的話，妳對曆哥哥說那種謊，不是『不想引他起疑』，是『不想害他擔心』吧？」

「呃……這……」

撫子失敗了。失言了。

「本大爺認為，妳明明主動求助卻說那種謊，是因為不希望他擔心。沒錯吧？」

「沒、沒錯……嗯，對，撫子不想害曆哥哥擔心……」

撫子改口修正錯誤，使得朽繩先生做出疑惑的反應，但他大概判斷沒什麼大不了吧，一副不想追究的樣子。

「算了，就當成這麼回事吧。本大爺確實不能要求撫子不分日夜，把時間都用在本大爺身上，這樣終究太厚臉皮了。何況要找本大爺的屍體——神體，在晚上找確實比較好。」

「…………」

「好，那就決定了。白天是撫子的時間，晚上是本大爺的時間。本大爺對撫子的奉獻表達感謝之意，發誓不會侵犯撫子的私人時間。」

…………

以上是昨晚發生的事。

講得有點久，或許害得各位混亂了，不過到這裡是回憶場面。現在的撫子，正在通往校舍樓頂卻上鎖的階梯轉角處，和朽繩先生起口角。啊，不對，現在的撫子……

現在的撫子，正在和曆哥哥相互廝殺。

這段敘述，是當時的「走馬燈」。

是穿梭在撫子心中的後悔。

千石撫子可以從哪裡逃離這個沒有任何岔路的命運？撫子一直在思考這件事。

那麼，回到正在旋轉的「走馬燈」吧。

轉轉轉轉。

「明明是神，卻是大騙子。」

「不不不……本大爺說自己沉默寡言確實是騙妳的，何況即使本大爺發誓不會侵犯撫子的私人時間，也沒允諾不說話。現在的下界看在神眼中很新奇……不對，沒什麼好新奇的，也沒什麼長進。」

「…………」

「有句話說『天不語，以人為語』，但本大爺是愛說話的神。哎，不過本大爺不想造成撫子的困擾，沒把撫子當成『可憐的孩子』……畢竟沒這麼做的必要與意義。知道了知道了，本大爺閉嘴就行吧？」

「…………」

「知道了啦，本大爺不只是閉嘴，也要去睡覺了。這樣就沒問題吧？畢竟本大爺不會說夢話。」朽繩先生這麼說。「何況到頭來，現在是冬眠的季節。」

「……嗯。不過，不可以真的冬眠喔，晚上得確實醒來，不然撫子一個人什麼都做不了。」

就在撫子講得像是再三叮嚀的這個時候，身後傳來一個聲音。

「喂～千石，妳在那種地方做什麼？」

正確來說，是從階梯下方傳來的。仰望撫子搭話的，是班導笹藪老師。

笹藪老師，綽號是熊貓老師。並不是因為長得像熊貓（老師反而偏瘦），完全是源自本名的綽號。不對，以二年二班現在的氣氛，沒人會用綽號稱呼班導。（註8）

「沒、沒……」

撫子轉身回應笹藪老師。

註8　日文「笹藪」是「矮竹叢」的意思。

階梯落差造成視線角度問題，所以撫子稍微注意裙襬。

「沒什麼事沒做過。」

撫子口誤了。

「沒什麼事」與「沒做過任何事」混在一起，使得撫子變成相當豪放的女生。

「？」

笹藪老師歪過腦袋。

這是當然的。

「……沒什麼事。」

撫子正常地改口。

撫子臨機應變的功力，不足以將這種失敗轉變為帥氣的搞笑……只會難為情。

這件事大概能讓撫子消沉三天。

「想、想到樓頂轉換心情，那個，門上鎖……才會不、不、不……」

撫子原本想說「不知如何是好」，但是講這種話很假，所以撫子結巴了。

「…………」

而且，撫子就這麼沉默下來。

撫子不擅長說謊。

不對，與其說不擅長，應該說撫子只是說謊的功力不高明……

像剛才也是反射性地說謊，卻沒能完全說完就低下頭。

「……喂喂，千石，妳應該知道樓頂禁止進入吧？老師都有好好吩咐過吧？」

「…………」

笹藪老師說得極為正確，撫子無法回應。

不如意的時候就沉默。

這就是撫子。請多多指教。

撫子確實知道樓頂禁止進入，正因如此，才會選擇沒人接近的這裡，當成和朽繩先生「密談」的地點……

笹藪老師之所以經過這裡，應該是剛監督社團的「晨練」回來。記得笹藪老師是管樂社的顧問老師，管樂社都在音樂教室進行社團活動。

「……對不起。」

即使如此，一直對班導保持沉默也很辛苦，所以撫子出言道歉。

在沉默與道歉之中，撫子選擇了道歉。

沒必要低頭。因為撫子一開始就看著下方，已經是低頭的姿勢。

剛才也提到，由於階梯的關係，撫子的位置比笹藪老師高，所以實際看起來或許不像是低頭。

「……預備鈴快響了。」

笹藪老師這麼說。

看來，他終於不想追究撫子的可疑態度了。這是大人經常對撫子投以的視線，也就是即使不到「可憐孩子」的程度，也將撫子當成「傷腦筋孩子」看待時的視線。

講白一點，就是「好像有問題，但是介入的話很麻煩」的視線。

以這種目光看人，不曉得會讓孩子多麼受傷，真希望大家能知道這一點……但撫子沒勇氣說這種事。

撫子也很怕麻煩。彼此彼此。

撫子只說一句「知道了」。

「撫子立刻回教室。等一下要小考吧？」

「嗯……幫忙發一下考卷……唔？」

笹藪老師說到一半停頓了。撫子覺得詫異，試著解讀笹藪老師的表情，老師臉上寫著：「那是什麼？」

撫子驚覺不妙。撫子剛才道歉時，不經意將雙手放在大腿前方交握，換句話說，笹藪老師看見撫子的手腕，也就是右手腕的朽繩先生。

撫子嚥了一口口水。

朽繩先生保持沉默沒說話，而且就這麼纏附在撫子右手腕動也不動。

這樣真的只像是品味很差的髮圈。無論怎麼辯解，只有「品味很差」這一點無從否定。

總之，朽繩先生保持沉默。

看來，他依照約定假扮成飾品。

撫子對此感到高興，但是在這種狀況，即使他假裝成飾品……

「……哎，只是那種程度。算了。」

撫子聽到笹藪老師輕聲這麼說。

似乎不是說給撫子聽，是自言自語。

看來老師不是質疑朽繩先生，是在追究撫子違反校規的行為。

依照規定，過度的飾品要沒收……

不過，笹藪老師似乎決定視而不見。

撫子沒有感謝的念頭。

因為這同樣只是反映「應付這孩子很麻煩」的心態。

撫子認為，老師應該是這麼想的。

……不過，撫子自己也確實覺得，這樣的待遇令撫子可以「樂得輕鬆」……班導沒深究，學生就可以完全樂得輕鬆。

撫子暗自鬆一口氣，心想明天起最好穿袖子長一點的上衣。不過……

「話說回來，千石，老師之前拜託的那件事，現在怎麼樣了？」

笹藪老師問的這個問題，使得撫子覺得剛鬆的一口氣又緊縮回來。
沒人這樣譬喻就是了。
「怎、怎麼樣是指……」
「稍微朝解決接近一步了嗎？」
「那個……」
笹藪老師這番話，使撫子陷入輕度……不，是重度恐慌，感覺得到指尖在顫抖。
明明沒有全力狂奔，雙腿卻使不上力。
撫子並不是因為聽不懂笹藪老師在說什麼而恐慌，反倒是因為聽得懂，因為想迴避這個話題，而陷入重度恐慌。
撫子稱不上反應的這種反應，使得老師露出一副明顯失望的樣子開口。
「喂喂喂，拜託了，妳也知道那個問題得盡快解決吧？」
「…………」
「畢竟現在只能靠妳了……千石班長。」
笹藪老師說完舉起單手示意，然後離開。
總之，果然一如往常。
對方會在撫子支支吾吾時離開。
班導也一樣。

就某種意義來說，堪稱對人必殺技。

在撫子至今的人生中，中了這招也沒離開的對手，是的，只有一人……

「原來撫子是班長？」

笹藪老師一離開，朽繩先生就這麼說。

不是嘲諷，單純是感到驚訝的語氣。怪異以嚇人為業，撫子卻能嚇到怪異，撫子對此感到驕傲。

這是假的。撫子沒這麼想。

只冒出「被發現了」的想法。

撫子感覺會被消遣，所以想一直隱瞞這件事……

「嗯，撫子是班長。」

「不會吧，班長是那個吧？是一班之長吧？也就是領導整個班，班上最偉大的學生吧？這個人是撫子？啊啊？」

朽繩先生一副完全無法接受的樣子。客觀來看，這種說法非常失禮，但撫子並不是無法理解。

「哪有……班長不偉大……」

到頭來，朽繩先生的知識是引用撫子的知識，所以朽繩先生詢問撫子之後由撫子否定的這種互動，堪稱是『白費力氣』的行為……不過知識與感覺，或是對於知識的肯定與否定，應該都是兩回事吧。

而且，既然至今都沒被發現，就代表「撫子是班長」這件事不是知識，是屬於記憶的範疇。

「如果是羽川姊姊那種像是『班長中的班長』的人獲選，那就另當別論……但撫子不一樣。」

「妳說的不一樣，是哪裡不一樣？」

「以撫子的狀況，是抽到下下籤。」

撫子說出來了。這種形容方式有點「自虐」，但是在這種狀況無從避免。

「班上的氣氛變得很奇怪，朽繩先生也感受得到吧？這是從今年第一學期到暑假發生的狀況……所以第二學期開始時，要選出班長時，沒有任何人參選或推薦……經過一番爭論之後……」

不對。

正確來說，直到最後都沒爭論。

場中只有沉重的氣氛。

「……撫子獲選了。」

「是經過什麼過程變成這樣的？」

即使撫子說明，朽繩先生也一副無法接受的樣子。總之，或許吧。

當時班上的沉重氣氛很難說明。這裡說的「氣氛」，套用在小說就是「行間」——是行與行之間的空白，是不可能寫成文章的東西。

畢竟撫子不擅長國語。更不擅長說明。

「即使如此……那個，真要說的話……班上沒嘗試過『咒術』的女學生，只有撫子一個人……大概是因為這樣吧？」

「是喔，換言之是刪除法。就是這麼回事吧。」

朽繩先生這麼說。

是基於「刪除法」的想法獲選的。這種說法似乎得到朽繩先生的認同。但他接受這種說法，也讓撫子莫名覺得哀傷。

不過，撫子不是擔任班長的料。最清楚這件事的不是別人，正是撫子，而且撫子在這兩個月完全體認到這一點，所以這部分無從反駁。

甚至覺得和朽繩先生意氣相投。

如果眼前有玻璃杯，我們肯定會乾杯吧。

「總歸來說，誰都不想做、誰都不想讓別人做的工作，就這樣硬塞給撫子了。這些傢伙真不是好東西，啊啊？」

「沒有啦……並不是硬塞……」

雖然不是硬塞，但撫子沒能堅定拒絕，這也是事實。

像是強迫中獎的感覺。

「總之，並不是把不可能的任務硬塞給軟弱女生的虐待行為，光是這樣就還算好吧，哈哈。」

「……到頭來，如果說他們硬塞工作給撫子，朽繩先生還不是一樣？」

「喔喔？啊，哎，或許吧。本大爺也不是好東西。」

朽繩先生毫不愧疚地呵呵大笑。

一副「輸妳一次」的樣子。

真是的，睜眼說瞎話。

「這或許是天註定吧。撫子這種溫順的孩子，總是會抽到下下籤。」

「不過，不提這個，剛才那位老師講的是什麼事？他之前拜託妳什麼事？」

「…………」

「跟……」

覺得朽繩先生遲早會問這個中肯問題的撫子，按照劇本說出預先準備的臺詞。

「跟朽繩先生無關吧……」

「無關嗎？本大爺認為自己和撫子是患難與共的搭檔啊？」

「別……別這麼認為……」

撫子語氣變得軟弱。

「堅定拒絕」是一件難事。

而且，朽繩先生進一步說服。

「何況不一定無關喔。本大爺正在請撫子幫忙，所以不容許外力阻撓。」

「……可是如果要比誰先，是老師先拜託撫子的……」

撫子不甘願地這麼說。

可以的話，撫子想巧妙轉移焦點，但如果要含糊其詞並且拒絕回答後續的問題，對於撫子這樣的孩子來說太難了。所以撫子只能從一開始就說清楚。

「老師很早之前，就要求撫子想辦法處理班上那種氣氛。」

「……什麼？」

朽繩先生無奈般張著嘴。

感覺得到他錯愕的心情。

「喂喂喂，這是怎樣？真要說的話，這不是班長的工作，是班導的工作吧？」

「……嗯，總之，是這樣沒錯。」

怪異說出如此中肯的論點，撫子有點畏縮。

總之，朽繩先生雖說是怪異卻是神，應該也會說一些中肯的意見吧？

「也就是……推卸責任吧？」

「哈哈，這樣比本大爺還過分吧？本大爺光是剛才稍微看過，就知道那不是一個孩子能夠從內部解決的氣氛。啊啊？」
「……沒關係啦。」
撫子這麼說。
朽繩先生聽到這句話，究竟是會同情撫子，還是會打趣消遣撫子？撫子不得而知（因為從表情看不出來），但是無論如何，撫子不想繼續講這件事。
因為，這件事在撫子心中，是已經「結束」的事。
是徹底完結的事。
只像是你一言我一語地討論著連載到最後一集的漫畫內容。
毫無意義。
「什麼嘛，居然說沒關係……不可能沒關係吧？」
「笹藪老師的委託，不會和朽繩先生的委託『牴觸』……所以沒關係。」
「喂喂喂，本大爺並不是認為只要自己的願望實現，就不在乎撫子的人生變成如何啊？怎麼樣，如果撫子不介意，可以找本大爺商量喔。」
「商量……」
找神商量。聽起來怪怪的。
就像是到教會懺悔嗎……不對，撫子並不希望他人安慰，所以朽繩先生這種說法沒切中核心。

「不是那樣……撫子的意思是，這樣沒造成撫子的困擾，所以不要緊……」

「沒造成困擾？班上同學與班導都把工作塞給妳啊？」

「沒造成困擾。因為……」撫子說出來了。「撫子什麼都沒做。」

「……都沒做？」

「班長的工作、老師委託的工作，撫子都沒做。」

撫子說完，開始走下階梯。

正如笹藪老師所說，預備鈴快響了。雖然笹藪老師說錯很多事，卻說對時間。

所以，撫子前往教室。

朽繩先生則是「…………………」變得安靜。

大概是察言觀色吧。

後來直到放學，朽繩先生連一句話都沒說。

011

當天晚上。

撫子依照和朽繩先生的約定，外出尋找朽繩先生的屍體——溜出家門。

撫子覺得自己有點變成不良少女而心跳加速，這一點要保密。

「哈哈……本大爺安心了。」

走到戶外，朽繩先生久違的對撫子說話。大概是照他所說的睡到現在吧，好像是為了節省能量。

「撫子妳真是的，白天講了那種話……本大爺以為連這邊的委託，妳也只是口頭允諾卻什麼都不做，本大爺擔心死了。」

「……沒那回事。不提這個，你還不要講話。」

撫子這麼說。

希望他能再安靜一下，直到撫子離家遠一點。

不然撫子會變成「可憐的孩子」。

朽繩先生難得乖乖聽撫子的話，而且不久之後，再度說他很擔心。

看他再三強調，應該不是裝出來的，而是真的很擔心吧。

而且，他應該真的放心了。

「畢竟本大爺並不是面試撫子之後，考量到妳的人品而挑妳當搭檔。如果撫子是個隨便又敷衍的騙子，本大爺就只能抱頭了。但本大爺沒手能抱頭就是了……」

這是不太好笑的蛇笑話。

旁人說撫子很容易被逗笑，但是不好笑的笑話不會讓撫子笑。

「做不到的事就不做……不做的事就做不到，做不到的事就不做，如此而已。」

撫子邊走邊這麼說。

「隨便……敷衍的騙子……撫子或許是這樣吧。正是如此……至少沒辦法斷言不是這樣，沒辦法斷言。不過……尋找朽繩先生的神體，還算是……做得到的事……」

「這就難說了。妳真的會展現這種熱忱嗎？」

「…………」

朽繩先生在這種時候也講得像是在「找碴」，撫子難免不耐煩，也覺得幹勁打折扣，不過他看過身為班長的撫子，以及在班導面前的撫子，所以確實難免覺得撫子是個不正經的孩子。

實際上，撫子並不是正經的孩子……但當然不希望別人說撫子不正經……

「朽繩先生，你願意聽嗎？」

「嗯嗯？什麼事？」

「該怎麼說……願意聽撫子發個『牢騷』嗎？」

「…………？本大爺就聽吧，妳說說看。」

「像撫子這樣溫順、內向、不太會講話……沉默寡言的孩子……不擅長交朋友，動不動就哭的軟弱孩子，朽繩先生為什麼會覺得撫子『善良』？」

「『善良』？」

朽繩先生反問。

撫子點頭回應。

「實際上，應該也正因如此，大家才會拱撫子當班長，笹藪老師也因而交付這種不可能的任務……可是，撫子不是那樣……撫子不『善良』、不『純真』……而且也不是『好孩子』……他人擅自期待，又擅自失望，老實說，撫子很難受。」

撫子回想起笹藪老師失望的表情，說出這番話。

這完全是「牢騷」，不應該講出來。

不過，如同內心的期待遭到背叛很難受，背叛他人內心的期待也很難受。即使是他人擅自期待也一樣。

「朽繩先生，撫子基於這層意義要預先聲明……撫子曾經將朽繩先生的『同胞』殺掉分屍，撫子很想盡量贖罪，可是就算這樣，撫子也沒辦法保證絕對能找到朽繩先生的神體……所以在這種時候，撫子有個請求——希望你別失望。」

撫子說出請求，繼續前進。沒看右手腕的朽繩先生。

撫子光是說出這段話，就用掉好多勇氣。付出勇氣所得到的成果意料地少。想到接下來將耗費多少心力，撫子就覺得自己分配資源的方式大錯特錯。

「……哈哈，本大爺也沒有要求撫子保證要找到，只是妳沒認真找的話，本大爺會很為難。因為本大爺只能依賴撫子了。」

「駿河？」

「依賴。」（註9）

「依賴……那個，既然這樣……」

撫子鄭重說下去。

並不是因為對話內容對撫子不利，而以「總之」或「暫且不提」轉移話題，在這種狀況，應該是終於要進入正題。

「撫子晚上也得睡覺，所以沒辦法熬夜找……朽繩先生，撫子應該用什麼方式尋找朽繩先生的神體？」

之前說「以髮圈探測」只是撫子的推測，不是具體要採取的做法。

撫子不知道朽繩先生的神體在哪裡，甚至不知道長什麼樣子，所以得先知道尋找的方法，不然也沒辦法決定今後的方針……

「哈哈，總之先在附近閒晃吧。雖然剛才那麼說，但本大爺認為基本上不會離神社太遠。」

「……為什麼？」

「沒為什麼。妳這麼問，本大爺也很為難。不過從原本所在的地方周邊開始找，應該是很正統的手法吧？因為並不是失竊。」

註9　日文「駿河」與「依賴」音近。

「…………」

原來不是失竊。

不過，即使不是失竊，撫子也一直認定是被某人拿走的。

因為，既然神體不會自己亂動，肯定是某人搬走才會不見。畢竟神體應該不會自己亂跑。

……不過，朽繩先生是怪異。

而且，那是足以被當成神明來祭祀的「屍體」，所以或許出乎意料會自己亂跑。「屍體不會動」始終是一般的認知，例如吸血鬼這種怪異，近似於不死之身的屍體，所以「夜行」並不是不可能發生的事。

「歸根究柢，神體就是本大爺的肉體，是肉體、也是本體，所以只要經過附近，本大爺就會照實反應，和手機震動功能一樣震動。到時候請撫子在那一區尋找，進一步縮小範圍。」

「……換句話說，撫子現在只要一直走就好？」

這樣的話，總覺得有點掃興。

撫子今晚戴的帽子不是毛線帽，是有帽簷的棒球帽，感覺期待落空的撫子，抓著帽簷往下壓。

這個動作沒意義，是撫子的習慣動作。

「剛開始是這樣沒錯。」

朽繩先生講得好像在暗示未來多災多難，但撫子假裝沒發現。

畢竟撫子即使詢問，應該也得不到順心的答案。

面對不想知道的事情，就假裝不知道。

面對不想懂的事情，也假裝不懂。

「……神體會埋在土裡或是牆壁裡嗎？也就是說，會不會藏起來？」

「天曉得，不得而知。連處於何種狀況都不知道。妳之前也稍微提到，或許出乎意料被砍成好幾節分散在各處。別說藏起來，搞不好釘在各處的樹上，哈哈！」

「…………」

被挖苦了。

撫子覺得好討厭。這是挖苦，所以當然會覺得討厭。

世上應該沒有令人覺得舒服的挖苦。

「那麼，朽繩先生……整理一下至今的討論，所以撫子接下來每天晚上……一直在夜間的鎮上散步……直到找出朽繩先生的神體就好吧？」

「嗯，整理起來就是這樣。不過可以的話，希望妳別形容得這麼悠哉。」

「不用和奇怪的敵人對打，或是和對手比賽誰先找到吧？」

「嗯……慢著，怎麼回事？撫子期待的是這種冒險？」

「並不是期待啦……」

但撫子原本確實是如此預料。不是期待，是不安。

所以，撫子現在覺得掃興。

這種撲空的感覺是怎麼回事？

「順便問一下，找到神體之後會怎麼樣？」

「不會怎麼樣，本大爺會從撫子身上『轉移』過去……但那原本是本大爺自己的身體，與其說是轉移，應該說是『回歸』吧。」

「……那麼，到時候就要和朽繩先生說再見了。」

「是啊。嗯嗯？怎麼啦，撫子，妳好像很失望，難道妳對本大爺日久生情？」

「不是啦……」

認識至今一天，彼此的來往還不到日久生情的程度，而且坦白說，撫子不擅長應付朽繩先生這種狂野的類型。

不是因為他是蛇，也不是因為他是怪異，是個性上的問題。

「……只是，撫子不擅長離別。」

「嗯嗯？」

「誰都一樣……和任何人……離別的時候……不是都很費力嗎？」

「費力？妳形容的方式真怪，這樣簡直像是在說撫子是……」

朽繩先生疑惑般欲言又止（真的是「質疑」、「詫異」的感覺），但撫子應該慶幸吧，他沒有將這句話說完。

因為就在這個時候，朽繩先生纏在撫子右手腕的白色身體微微震動了。

「嗡嗡嗡嗡嗡嗡嗡嗡嗡♪」

朽繩先生剛才形容為「手機的震動功能」，但撫子沒手機，不確定這種形容是否正確。

所以依照撫子的感覺，若要舉個相近的例子，就是爸爸用的那種攜帶型按摩棒。

不過老實說，震動程度比想像中還要劇烈。

撫子甚至覺得痛，還以為手腕會被扯斷。這真的是不悠哉的恐怖比喻。

「怎……怎麼回事？」

「哈哈，喂喂喂，這麼快就有反應了。撫子，往五點鐘方向走！」

「五、五點鐘方向？」

是哪裡？

忽然用這種像是電影的形容方式，撫子也不懂。

「在內心作個時鐘，把妳現在面對的方向設為零點，再推算五點鐘的方向，所以是妳的右斜後方！」

「右、右斜後方……」

即使形容得比較具體，撫子也有點摸不著頭緒，總之依照吩咐往那個方向走。堪稱是言聽計從的撫子。

撫子所走的地方當然不是沙漠或叢林，是鎮上有道路的地方，所以沒辦法筆直往右斜後方走。

撫子繞過各間住家，不時接受朽繩先生的微調（動不動就說幾點鐘方向，又瑣碎又煩人，真希望他明白這種斜向引路方式是白費力氣），最後抵達的地方是公園。

撫子是自認與公認的居家派，所以從小就很少到公園玩，但依然知道這裡有這座小公園。

攀登架、蹺蹺板、單槓等遊樂器材映入眼簾。在這個時代，似乎傾向於要逐漸撤除公園的遊樂器材，但是這座城鎮的「地方自治會」似乎延緩執行這個政策。

不曉得是好事還是壞事。

「好，就在這附近。」

「這附近……但這裡是沙堆耶？」

朽繩先生的探測——也可以說是導航，在最後指示的地點是沙堆。是的，是基於安全層面的意義，在公園裡勉強算是安全設施的沙堆。不對，即使是沙堆，也會因為「裡面可能藏有玻璃碎片」或是「衛生考量」或是「吃下去很危險」等原因面臨「存亡危機」。

…………

「吃下去很危險」應該不成立吧。

畢竟連食物，也不是吃下去保證安全的東西。

「什……什麼？所以朽繩先生的屍體埋在這個沙堆？」

撫子不小心講出「屍體」兩個字了。沒注意形容方式會很危險。

不過，要將埋在這種公園沙堆的東西形容成「神體」，撫子有點抗拒。

「嗯，肯定沒錯。哈哈！難道撫子質疑本大爺探測的準確度？啊啊？」

「不是質疑不質疑的問題……」

是的。

撫子確實質疑這一點，但是更不想拿來當成議題。

居然埋在沙堆，簡直是小孩子藏東西……不對，只到貓狗藏東西的等級。

「……不過，總之，既然朽繩先生這麼說……撫子姑且找找看吧。」

「怎麼回事，這麼沒幹勁？」

「撫子充滿幹勁喔。」

撫子說著，取出背包裡的小鏟子。

畢竟要找東西，所以撫子帶來這種似乎用得到的工具（此外也帶了各種工具，像是繩子、雕刻刀）……卻沒想到這麼早就要動用。

「好了，快挖吧。本大爺的神體肯定埋在底下。」

「…………」

「哈哈，感覺像是第一次買彩券就中大獎，啊啊？撫子，妳很走運嘛，因為妳才散步短短三十分鐘，就可以擺脫本大爺。」

他開心得像是忘記撫子剛才講的話。撫子至今對朽繩先生的印象，基本上是個玩世不恭又愛挖苦人的傢伙，所以看到他頗為亢奮的這個狀態略感意外。

總之，既然成功找到自己的身體，變得亢奮也是理所當然吧。

而且是這麼快找到。

形容成「買彩券中大獎」不曉得算是合適、誇張還是不夠……但機率確實很低。

他當然會高興。

「…………」

撫子將鏟子前端插入沙堆。

無論如何，這麼早就要和朽繩先生別離。撫子想到這裡，果然會覺得「費力」。

不過，撫子的心情一點都不重要。只是挖沙，老實說不需要什麼行事動力，何況即使有著快差的慢異……更正，快慢的差異，別離的一刻終將到來。

只是這一刻就是現在罷了。

雖然是短暫的緣分，也不希望這個緣分持續下去。不會因為是蛇就想延長。

只要在這裡找到神體，就會和朽繩先生別離。

012

沒找到。

怎麼挖都只是普通的沙，不知不覺就挖到底了。

撫子第一次知道沙堆有底。

這是理所當然的。

不過，依照兒時經驗，沙堆給人的感覺就是永無止盡的沙，如同無底沼澤。

但撫子得知底部是什麼樣子了。是水泥。

看來，只是把一個泳池形狀的水泥槽埋在地面……真沒情調。撫子不想知道。

目測深度約五十公分。

對於幼童來說，這個深度就算是無限吧。

「……朽繩先生。」

「…………」

「哈囉，朽繩先生。」

「…………」

朽繩先生沉默不語。

感覺個性交換了。不對，應該是個性反轉。

「哈囉？」

哈囉，哈囉，哈囉，哈囉。

撫子執拗地追問。

既然朽繩先生纏附在手腕，即使他不說話，撫子也沒辦法無奈離開。

他或許會「嫌煩」，撫子可以的話也想離開，但撫子累到不想動。

「沒有御神體耶。」

「…………」

「沒有耶……」

撫子重複說明之後，朽繩先生終於輕哼兩聲回應。

一副無懼一切的樣子。也可以說是看開。

「看來誤判了。」

「誤、誤判……」

為什麼他能用這種無懼一切的態度講這種話……剛才明明充滿自信地斷言沒錯。

而且，髮圈剛才如同颱風般，激烈震動撫子的手腕……卻是誤判？

「原來如此，原來如此，也有這種事啊。上了一課囉，對吧，撫子？」

「既……既然誤判，應……應該更早告訴撫子吧……你肯定更早就察覺吧……」

撫子難得如此抱怨，但有時候還是想抱怨。

沙堆不只挖一個洞，而是各處都挖洞，該怎麼說，就像人類版本的打地鼠遊戲。

而且接下來等待撫子的工作，是非得填平這些洞，鋪好沙堆不可。

沒意義又徒勞無功。

「什麼嘛，這種東西扔著不就好，啊啊？」

「不可以這樣啦……要是孩子掉到洞裡受傷，會造成『社會問題』。」

「妳擔心過頭了吧……」

或許是撫子擔心過頭，但即使不能完全恢復原狀，最好還是盡力而為。

這麼一來，今晚的搜索大概只能到此為止。撫子自己也覺得這麼形容不太好，但是第一天只在沙堆玩耍就結束了。

好幼稚。

「不過，原來會誤判啊……」

「總之，這種事不無可能。神也不是萬能。」

「神就是因為萬能才是神吧？不是說神是全知全能嗎？」

「全能和萬能是不同的意思吧？詳情自己去翻國語辭典。」

「唔……撫子又沒有國語辭典。所以，並非萬能的探測功能，今後也會反覆誤判嗎？這樣的話，撫子覺得會白費力氣或徒勞無功，時間與體力都吃不消……」

「放心，本大爺已經知道誤判是什麼狀況，不會再犯。」

他充滿自信。

光是這樣，撫子無法信任。

這肯定是所謂的「輕諾寡信」，而且「輕諾寡信」的苦果是由撫子承擔，所以撫子真的不能忍下這口氣。

何況，朽繩先生纏附在撫子右手腕，所以揮鏟子的右手比平常還要疲累，即使不到「肌腱炎」的程度，明天或許會肌肉痠痛。

「到頭來，為什麼會誤判？就像是哆啦A夢的『尋人手杖』命中率只有七成？」

「不……不是那樣。」

我們在某種程度共享知識，所以他很快就聽懂這種偏門的譬喻，撫子覺得不太滿足，總之朽繩先生否定了撫子的疑問。

「單純只是本大爺的靈能量分散了。」

「分散？」

「應該說是受到『外力』分散。」

能量受到外力分散……

那個，撫子似乎聽過這種事……話說，是什麼時候在哪裡聽到的？

好像是聚集地的「髒東西」……如何如何……

記得曆哥哥為此……

「總歸來說，與其說是探測器，更像是金屬感應器嗎？然後，這裡的地層富含鐵質，所以不容易找到埋藏的地雷……」

「居然將本大爺的身體當成地雷，撫子，妳真敢說啊……啊啊？」

朽繩先生講得像是糾纏不清（因為是蛇），不過看他說到這裡就沒說下去，撫子的理解應該是雖不中亦不遠矣。

撫子嘆了口氣。

如果剛才的理解是對的，撫子今後究竟會被迫白費多少力氣挖洞，無謂地失敗多少次呢……而且，要是在撫子白忙的時候達到時限……

要是達到時限……總之，到時候為難的不是撫子，而是朽繩先生……

不過，撫子討厭努力，也同樣討厭無謂的努力。

總之，無論怎麼說，關於鎖定失物位置的工作，也就是探測工作，只能交給朽繩先生負責。撫子就像是活鏟子，無論是否為難，也只能相信朽繩先生並且服從。

相信、服從。就像是神的侍從。

「那麼……無論如何，明天繼續吧。」

「喂喂喂，撫子，妳收手的時機太好了吧，妳是什麼天才賭徒嗎？要不要繼續努力，多找一個地方？」

「不行。撫子累了。」

累了。撫子小姐累了。

撫子不接受朽繩先生的異議，後來進行起鋪平沙堆的工程。不對，形容成工程會覺得很費力，所以撫子想像成在沙堆玩耕田遊戲，慢慢玩弄沙堆。

這種做法或許是錯的。

認定是玩遊戲，行動效率就稍微打折扣，導致花的時間比正常填平來得多。坦白講詳細一點，就是撫子不應該一時興起，想說難得有這個機會，不只是填平剛才挖的好幾個洞，還堆起小山、製作城堡，真的玩了起來。

也可以形容為「氣數已盡」。

早知如此，撫子應該接受朽繩先生的要求，移動到其他地方，多花點時間尋找朽繩先生的神體。

雖然是放馬後炮，但無論是馬前還是馬後，放鞭炮本來應該很開心才對……

「啊，找到了。千石。」

撫子正在製作名古屋城（可能有著作權問題，所以應該說「仿名古屋城的建築」吧），因為金鯱的角度遲遲不對而煩惱的時候，上方傳來這個聲音。

撫子抬起頭。

這個時候的撫子，帽子不小心沒有深深戴好，導致四目相對。

「曆……曆哥哥。」

曆哥哥站在沙堆外圍，距離一步的地方。

曆哥哥。

本名：阿良良木曆。

明明是深夜，曆哥哥卻一臉嚴肅。

是在散步嗎？

013

「千石，聽好了。妳剛才做的事情，如果是我以外的人，早就臭罵妳一頓了。」

地點轉換到曆哥哥家。

曆哥哥的房間。

六月之後，撫子來曆哥哥這個整潔房間玩過好幾次，但是今天，只有今天晚上，撫子沒有來玩時的期待感。

真要說的話，只有第一次造訪時的那種強烈緊張感。

……不過和那時候不同，撫子現在是正坐姿勢，或許比那時候還緊張吧。

如同遊樂園與牢房的差距。

「千石，聽好了。」

曆哥哥重複這句話。

他剛才好像說他沒生氣，卻很明顯火冒三丈。

撫子或許是第一次見到火冒三丈的曆哥哥。原來曆哥哥會因為這種事這麼生氣。

好迷人。

「居然半夜溜出家門閒晃……妳要是做這種事，會變成我、小憐或小月那樣。」

「…………」

咦～……

撫子覺得這種說法不太好。

順帶一提，曆哥哥對撫子生氣的原因，是在責備撫子夜遊。雖說是夜遊，撫子確實是瞞著爸媽外出，這部分或許應該責備，但撫子玩的遊戲，是建造仿名古屋城的建築，應該沒有嚴重到得帶進房間正坐的程度。

不過，曆哥哥有一對和撫子年紀相近的妹妹，所以撫子的「不良行為」，似乎難免令他覺得不安……

撫子的帽子也被脫掉了。

心情上像是全身光溜溜。

「我不想講得太嘮叨，不過千石，只要不是吸血鬼，晚上都是睡覺的時間。」

「……………」

撫子不能解釋自己在找東西。

而且，真要說的話，曆哥哥也在找撫子。爸媽察覺撫子「離家出走」時，第一個想到並且打電話聯絡的人是月火，也就是曆哥哥的妹妹。

因為月火在監護人協會也很有名。

至於月火當時則是心想「只有一個晚上不要緊」，隨口謊稱撫子住在她家，卻被湊巧經過妹妹房間（經過妹妹房間？）的曆哥哥聽到。

「妳這笨蛋！要是千石絕種怎麼辦！」

曆哥哥說完就衝出家門，在鎮上找撫子。

撫子沒找到要找的東西，但曆哥哥光靠直覺就找到撫子。即使除去腳踏車這個代步工具，曆哥哥的探測能力也很高明，堪稱和朽繩先生大不相同。

朽繩先生從剛才就一直保持沉默，看來他確實遵守不在他人面前說話的約定。不過仔細想想，朽繩先生知道曆哥哥的事情。

朽繩先生說過，在六月的那一天，他在那座神社——北白蛇神社，看到正在進行

「儀式」的撫子、曆哥哥與神原姊姊。

那麼現在，朽繩先生是以何種心情「看著」曆哥哥？

「月……」

撫子覺得這樣下去會沒完沒了，總之戰戰兢兢對曆哥哥開口。

撫子想努力轉移話題。

但撫子不想努力就是了。

「月火她……現在在做什麼？」

「嗯？小月？那個傢伙很冷淡，已經在隔壁房間睡覺了。不然我去叫她？」

撫子搖了搖頭。

撫子並不希望這樣……而且這樣很恐怖。

月火是曆哥哥的妹妹，所以曆哥哥或許不清楚這方面的事，但她基本上很可怕。駭人耳目。

她稱為「火炎姊妹」可不是浪得虛名……有些事蹟令人笑不出來。

但她是個好孩子。撫子不是在袒護，但她真的、確實是個好孩子。

不過，她擁有的能量值，比撫子這種角色多了好幾個位數。

甚至可以說是處於不同次元。

真是的，好孩子不一定善良喔。

「嗯？千石，用不著客氣啊？反正那個傢伙無論睡覺或醒著，眼角都是下垂的，沒什麼差別。」

「撫子覺得和眼角下不下垂無關……不，撫子已經為月火添麻煩了……畢竟她還為撫子說謊。」

這方面必須盡早串供，但是撫子得先向月火道謝才行。

「也對。但是不提這個，千石，妳得先向父母道歉。妳的口頭禪是『對不起』，我總是要求妳別這麼輕易道歉，但妳只有這次非得好好道歉。」

「……唔、嗯……說得也是……」

「真是的，要是我沒找到妳，現在不曉得會怎樣……」

曆哥哥無可奈何般誇張聳肩。

不，雖然曆哥哥說不曉得會怎樣……但撫子覺得不會怎樣。

大概是將沙堆整平，堆好的仿名古屋城也清理乾淨，接著回家……總之會被爸爸媽媽罵，然後睡到天亮上學。

畢竟這座城鎮和東京之類的大都會不同，治安很好。

不會發生什麼萬一。

看曆哥哥對待月火或火憐的方式就知道，曆哥哥基本上有點過度擔心年紀比他小的女生。或許可以形容為保護過度吧……

撫子很高興曆哥哥這麼溫柔，但他對兩個妹妹的態度果然有點過當。

已經超越保護過度，達到干涉過度的領域。

不曉得他究竟在提防什麼，不可思議。

「真是的，妳也是，小憐與小月也是，都毫無戒心過頭了……該怎麼說，都不明白自己是孩子。」

「撫、撫子自認明白……可是……」

月火與火憐是否明白，撫子就不得而知了。她們兩人都有著明顯裝成熟的一面，但撫子確實認為自己是個孩子。

是個一無所知的孩子。

只知道沙堆有底。

「不不不，妳們並不是不明白自己是孩子，妳們真正不明白的，是世間以多麼下流的目光看孩子。」

「…………」

好駭人的意見。

撫子啞口無言。

甚至以為曆哥哥抗戰的對象，其實是曆哥哥自己。

不過，撫子覺得他提出這種主張也不太對，所以撫子道歉了。

「對不起。」

這是口頭禪，或許堪稱反射動作。無論如何，是結束對話的魔法咒語。

居然說咒語，簡直像是「咒術」。

效果不得而知就是了。

「哎，既然妳在反省了，那就沒關係……唔唔？所以是怎麼回事？妳這樣的乖孩子，為什麼會在三更半夜外出亂跑？」

現在主張自己不是乖孩子也不太對，即使如此，撫子也不敢老實回答這個問題。

撫子這麼做，是要尋找朽繩先生的神體……但撫子不能對曆哥哥這麼說。如果在這時候說出來，還不如剛開始就找曆哥哥商量——還不如別在電話裡說謊。

這次的這件事，必須對曆哥哥保密。

因為，這次和六月那時候不一樣。

撫子不是「受害者」。

是殺害朽繩先生許多同伴的……加害者。

「唔?千石，難道妳……」

撫子沉默下來，曆哥哥見狀懷疑地開口詢問。

「難道妳昨晚電話裡說的是謊言，其實正被捲入某些麻煩事？」

「…………」

撫子嘴巴緊閉成一條線。

不愧是曆哥哥，直覺真敏銳。但也好像稍微敏銳過頭。

這或許是曆哥哥對抗怪異的成果，是至今身經百戰的結果。

總之，正確來說，撫子這次不是被捲入，是被纏附。

「不、不是啦……」

撫子看著右手腕這麼想，並且如此回應。

總之，撫子回應得不算果斷，聽在任何人耳裡都只是臨場辯解，反射性的否定。

「啊啊，這樣啊，原來不是。太好了。」

曆哥哥說得像是鬆了口氣。

……看來他相信了。

撫子是說謊的當事人，講這種話也不太好，但曆哥哥為人有點和善過頭。

乖過頭的孩子。

「我一直以為千石瞞著我，被怪異用甜言蜜語哄騙幫忙找東西，或是聽從怪異的指示，跑到那個沙堆挖東西。」

說中了。

唯一沒說中的地方，在於對方利用了撫子的弱點，應該說罪惡感。曆哥哥也知道撫子曾經殺害、砍斷許多蛇，卻想像不到蛇會前來抱怨這件事。

曆哥哥真的將撫子當成善良的孩子。

「完全……不是那回事。只、只是稍微……那個，現在，班上有點問題……撫子又是班長……」

撫子試著思索像樣的藉口，卻想不到完整的謊言，因此據實說出實際經歷。

不過，這當然也是謊言。

「所、所以……撫子莫名覺得費力……不經意就想離家走走。」

「啊啊，原來如此，確實會這樣。」

曆哥哥似乎接受了。

在學校發生討厭的事，所以在半夜離家出走。這種說法聽起來不太合邏輯，但是曆哥哥升上高中之後和父母相處不太融洽，甚至不喜歡待在家裡，因此撫子這番辯解頗能說服他。

正因如此，曆哥哥今天才會如此責備撫子，在自省之後有話想說吧。

「千石，我能體會妳的心情，但即使用這種方式逃避，也不能解決事情。」

「逃避也不能……解決事情。」

「不然如果不介意，妳可以找我商量。包括教室發生的問題……所以是怎樣？難道和貝木的咒術有關？」

「…………」

曆哥哥的直覺真的好敏銳。

不提這個，之前也稍微提到，這個事件對於曆哥哥來說，肯定已經解決。

不對，不只對於曆哥哥，對於任何人——包括撫子與班上所有人來說，貝木泥舟先生離開城鎮的時候，這個事件就已經解決。

有些問題是解決之後才出現，有些事情是結束之後才要重新處理。

即使如此，比起撫子這種人，曆哥哥或許更熟知這個道理。

「……不是。」

撫子勉強否定。

曆哥哥終究沒有將撫子的否定照單全收，露出無法接受的表情。

接著，曆哥哥這麼說。

「千石，妳是國中生，內心應該有許多煩惱與困擾，但沒必要獨自承擔啊？即使我不是陪同商量的料，但好歹可以讓妳吐苦水。」

「…………」

曆哥哥一臉正經這麼說。

曆哥哥露出正經表情就莫名可靠，而且有點可怕。

因為他平常總是愛開玩笑。

「千石，聽好囉？『人』這個字，是藉由相互扶持而成立的。」

曆哥哥講起像是校長會講的話。

由於太「老套」，撫子倒抽一口氣，差點笑出聲。

這個時代，居然有人率直講出這種話……！

「……只要這麼說，就會有人調侃『這個時代，居然有人率直講出這種話』！」

曆哥哥推翻剛才的論點。

這是出乎意料的進展。這就是所謂的急轉直下。

「其中甚至有人會說『慢著，人這個字看起來是相互扶持，但顯然有一邊樂得輕鬆』這種話！」

「…………」

曆哥哥語氣逐漸激動，撫子無言以對。

如果是和曆哥哥很要好的那位小學生八九寺，肯定不會扔著如此亢奮的曆哥哥不管，但撫子只能從旁守護。甚至沒辦法插話附和。

「這堪稱是悲哀的解釋。講這種話的傢伙肯定沒看過小說。印刷字體的『人』這個字，確實設計成左右對稱。」

「…………」

嚴格來說，左邊的筆畫比較細。

「不然換個說法。在某人即將倒下的時候，放棄平等或公平挺身而出，這樣才叫做

『人』吧！」

「…………」

曆哥哥這幾個月發生什麼事……直到不久之前，他即使開玩笑也不會講這種話。

不對，這就代表曆哥哥多麼擔心撫子吧。

撫子覺得羞愧。

撫子反省了。

下次開始得避免被發現。

總之，最好等爸媽完全睡著再出門。

「說、說得也是。」

撫子一邊思考這種事，一邊同意曆哥哥這番話。

「曆哥哥說得對。今後撫子有煩惱都不會藏在心裡，會找曆哥哥商量。」

「嗯，就這麼做吧。總之今天妳應該累了，休息吧。」

「休息是指……」

「等我一下。」

曆哥哥說完離開房間，撫子獨自留在曆哥哥的房間。

他去哪裡了？

「那、那個，朽繩先生……不要緊嗎？沒被發現吧？」

撫子輕聲詢問朽繩先生。

「朽繩先生……？」

咦？沒反應。

朽繩先生就這麼纏附在撫子右手腕動也不動，如同真的只是普通的髮圈、只是品味很差的髮圈……撫子即使搖晃、拍打、找東西撞上去，或是拿小鑷子戳都沒反應。

為什麼……？

在他人在場的時候，朽繩先生假裝成飾品確實比較好，而且曆哥哥不曉得何時會回房間，在這樣的現狀，不動聲色或許是一種「謹慎」的表現，可是……

「久等了。」

此時，曆哥哥回來了。

他單手拿著一件布料很薄的和服，看來是女用浴衣。

「來，這個給妳。」

「？」

「睡衣。我向小月借的。」

「咦……」

撫子啞口無言。

所謂的睡衣，就是睡覺時穿的衣服吧？

不是雪茄的口誤吧？（註10）

總之，要是真的拿雪茄過來，撫子也不曉得該怎麼辦，不過……咦，所以曆哥哥是暗示撫子在這裡過夜？

「今晚留下來過夜吧，畢竟很晚了。」

不只暗示，還明示。

直接表明。

「畢竟也得配合小月說的那個謊才行。」

「這、這這、這是向月火借的……也就是說……」

撫子反覆開闔嘴巴，在混亂狀態詢問。

「結、結果，曆哥哥叫醒月火了……？」

「嗯？沒有啦，我擅自進入房間、擅自打開衣櫃翻找、擅自近距離確認小憐與小月的睡臉，然後擅自借這件衣服。反正小月應該不會抗拒。」

「…………」

感覺途中明顯加入沒必要的程序，難道是多心了？撫子不太懂。

不過，居然要過夜……

劇情突然急轉直下，撫子掩不住困惑之意。

註10　日文「睡衣」與「雪茄」音近。

撫子接過曆哥哥手中的睡衣時（穿浴衣當睡衣，好像住旅館），處於恐慌狀態。

「撫、撫子要睡哪個房間？」

「啊？慢著，妳問我要睡哪個房間，但我家沒那麼多房間，妳只能睡這裡。」

「睡、睡曆哥哥的房間……曆哥哥的床！」

恐慌程度持續提升。

但曆哥哥並沒有叫撫子睡他的床。完全是撫子得寸進尺。

「嗯？哎，也對。畢竟妳應該累了，就睡床上吧。」

偷跑是對的。

今天的撫子很靈光。

「怎、怎麼可以……床、床給曆哥哥睡啦！撫、撫撫撫、撫子睡床底就夠了！」

「妳這是什麼想法……？真恐怖。」

曆哥哥這麼說。

總之，即使不是曆哥哥，如果預先知道床底躲人，應該沒人能熟睡吧。

「好好給我睡床上。要是叫女國中生睡床底，會演變成嚴重的問題。會遭受火炎姊妹的恐怖制裁。」

「可、可是，撫子沒辦法扔著曆哥哥，一個人在床上睡覺……」

「啊，不不不，妳放心。」

撫子始終有所顧慮，但曆哥哥露出像是完全沒問題的燦爛笑容。

「因為這張床夠大，可以睡兩個人。」

014

這是一瞬間發生的事。

曆哥哥接受燈光照耀，落在房內地毯上的影子裡，蹦出一個金髮幼女。

「吸血鬼鐵拳！」

幼女隨著這聲吆喝，就這麼一拳打在曆哥哥下巴。

漂亮的上鉤拳。

「咕啊！」

曆哥哥慘叫往後仰，就這麼仰躺倒地。

超弱！

這種倒地方式，就像是格鬥漫畫初期的炮灰小角色。脆弱到足以形容為薄紙。

「哼！」

幼女就這麼在半空中轉圈，無聲無息降落在天花板。

這個女生穿著荷葉邊連身裙，但她巧妙以大腿夾住衣服，以免裙襬掀起來。

不過頭髮倒豎就是了。

……記得之前看到這個幼女的時候，她戴著頭盔，看來戴頭盔的熱潮過了。

是的。

從曆哥哥影子蹦出來的是吸血鬼。不對，是前吸血鬼——忍野忍小姐。

以「小姐」稱呼外表八歲的幼女，撫子也隱約覺得突兀，但這位忍小姐的實際年齡據說是五百歲，原本不只是得稱呼為「小姐」，甚至得稱呼為「大人」才行吧。

……說得也是。

基於這層意義，應該和朽繩先生一樣。而且撫子明白朽繩先生從剛才一直很安分的原因了。

朽繩先生之所以不動聲色，不是因為在曆哥哥面前，是因為忍小姐在「附近」。

撫子莫名覺得朽繩先生應該比較年長，而且相較於吸血鬼忍小姐，朽繩先生即使失去信仰依然是神，所以似乎沒必要這麼偷偷摸摸，但忍小姐畢竟是「怪異之王」。

不死之王。

換句話說，所有怪異都是忍小姐的食物。

如果食物鏈有頂點，忍小姐正是最適合這個稱號的存在，感覺她可以輕易地一口吞下朽繩先生（尤其以朽繩先生現在的大小而言）。

一口吞掉蛇，這可不是什麼好笑的事。

撫子沒笑。

「呼……千鈞一髮。」

忍小姐維持吸附在天花板的姿勢，拭去額頭上的汗水這麼說。

一副立下大功的態度。

「差點就要觸犯東京都條例了……真是的。吾主之豪放程度，連吸血鬼亦會臉色鐵青，吾還以為會貧血。」

「……………」

她講的頗為庸俗。

雖然不像是吸血鬼的風格，但現在的忍小姐似乎明顯受到曆哥哥的感化，或許不應該要求她的內在和外表一樣高貴。

「那麼……」

忍小姐從天花板落下。

以非常俐落，像是新體操的身手，避開曆哥哥著地。

接著撫摸自己的下巴。

大約是她剛才毆打曆哥哥下巴的部位。

「由於知覺同步，吾主之疼痛亦成為吾之疼痛……哼哼，不過只要令他來不及察覺到痛楚之前昏迷，那就不成問題。」

「…………」

她說出莫名恐怖的事情。

曆哥哥就這麼倒地動也不動，這就是經常在拳擊比賽聽到，「重擊下巴會造成腦震盪……」的那種狀況嗎？

不過，撫子覺得腦震盪似乎很嚴重。

因為是腦出問題。

「瀏海姑娘，還好嗎？」

忍小姐看著撫子這麼問。

她的視線，不像是對撫子感興趣。

不，形容成「不感興趣」好像不太對？但如果要深究，撫子還是搞不懂。

撫子連人類的想法都看不透，更不可能看透吸血鬼的想法。

「好險好險，幸好勉強趕上。汝差點在這個年紀就要產子。」

「這、這麼嚴重嗎……？」

「總之……」

忍小姐說著接近撫子一步，撫子不由得顫抖了一下。

「像這樣審視，確實不是無法理解。汝造型很工整，難怪吾之主對汝有意思。」

「…………」

她這樣近距離頻頻打量，好恐怖。

畢竟對方是吸血鬼。

即使現在失去吸血能力……也藏不住嘴角露出的利牙，而且她也不打算藏。

牙。

和蛇不一樣的牙。

「嗯……」

忍再度從僵住不動的撫子身上移開目光。

接著她這麼說。

「可愛程度僅次於吾！」

「…………」

撫子得到這個不曉得是褒是貶的評價。

不過，剛才她近距離看撫子，就代表這邊也是近距離看她，撫子得以仔細觀察忍小姐臉部的「造型」……忍小姐確實可愛到令人著迷。

比撫子可愛許多。

「那、那個……忍、忍、忍……小姐。」

「不准隨便叫吾之名字。」

撫子並非特別想說什麼，卻還是不出得……應該說不知不覺就出聲呼喚忍小姐，但忍小姐堅定拒絕。

該怎麼說，感覺像是不容他人接近。

「因為汝等越是呼喚吾之名字，吾將會越是受到這個名字之束縛。但吾如今亦不想取回昔日之名。」

忍小姐說著拉起倒地的曆哥哥。被拉起來的曆哥哥依然昏迷不醒、癱軟無力，沒有清醒的徵兆。

「即使這麼說，吾亦不容許活不到十年之丫頭隨便叫吾。」

「…………」

撫子活超過十年了。撫子是國中二年級。

不過，剛才被強烈拒絕的撫子，當然沒膽量在這時候向忍小姐主張自己的年齡。撫子完全沒這種膽量。

要指摘錯誤，也必須具備相應的資格。

即使如此，撫子還是暗自覺得這個人變得非常愛說話。六月第一次見到她（但撫子不確定那樣算不算是「見到」）的時候，她不發一語，比撫子還沉默寡言。

但她不是人，是鬼。

不對，記得現在有一半以上是人？

撫子沒打聽詳情……即使打聽到詳情，撫子也不覺得自己聽得懂。

無論如何，原本以為是沉默之友的忍小姐，如今完全變得愛講話，撫子對此確實感受到一絲寂寞。

總之，撫子只是嘴裡這麼說，對她並沒有抱持強烈的同伴意識……何況六月那時候也只是被她狠瞪，害得撫子好害怕。

當時的忍小姐是「因為生氣所以不講話」，撫子則是「因為害怕、為難所以不講話」，我們應該完全不同，毫無相似之處吧……

「總之，瀏海姑娘。吾之主亦說過，汝今晚就睡那張床吧。吾會帶著吾之主到一樓讓他睡沙發，所以不用擔心。」

「……謝……」

總覺得道謝也不太對。

基於忍小姐的立場，與其說是拯救撫子，應該是拯救了曆哥哥……所以撫子把差點說出口的話語收回去。

「……對不起。」

撫子改口這麼說。

撫子也不曉得為什麼要在這種場面道歉，不過真要說的話，是基於「抱歉為撫子這種人勞心勞力」的意思。

「哼……真愛道歉的姑娘。」

「…………」

「然而，實際又是如何？汝是因為覺得自己有錯而道歉，抑或是因為『現在是必須道歉的場面』，如同按照劇本指示，察言觀色道歉？是哪一種？」

「…………」

「是如同早上要說『早安』、晚上要說『晚安』、吃飯之前要說『我要開動了』一樣道歉？」

「…………」

「不回應嗎……哎，關於這一點，吾也沒立場說嘴。畢竟吾亦像這樣沉默過。」

「…………」

「……喀喀。」

不知道是哪裡好笑——撫子看著下方，靜心等待忍小姐抱著曆哥哥離開房間時，忍小姐對撫子笑了。

感覺也像是失笑。

最接近的形容方式，或許是「嘲笑」。

感覺……她瞧不起撫子。

「喀喀喀——喀喀。喀喀喀喀喀！」

「……？請、請問……」

撫子忍不住詢問。

明明可以不用在意，還是問了。

不過，或許是因為知覺同步，聽到忍小姐這樣笑，感覺像是曆哥哥在笑撫子。

明明不是這麼回事……

不過，撫子因而不得不問。

何況，撫子還擔心一件事。撫子右手腕的朽繩先生，至今依然繼續偽裝成髮圈，但無論擬態技術多麼高明，也不一定能過忍小姐這一關。

忍小姐現在和曆哥哥維持良好關係，撫子終究不認為她會不分青紅皂白地吃掉朽繩先生……但是撫子手腕纏附著怪異，忍小姐感到疑惑也不奇怪吧。

而且他們處於良好的關係，等到曆哥哥清醒，她可能會告知這件事……

「有、有什麼事……好笑嗎？」

「好笑？哼，沒什麼好笑的事。吾只是因為認同而笑。吾剛才不是也說過嗎？吾明白吾之主對汝有意思之原因了。」

「…………」

她說的「吾之主」無須確認，肯定是曆哥哥。

可是不知為何，從忍小姐的話語聽起來，感覺曆哥哥像是距離撫子好遠好遠。

「吾只是再度理解這一點罷了。只要像這樣戰戰兢兢怯懦低頭，如同以全身表示『小女子就像這樣，看起來可憐兮兮』的看著下方，不只是吾之主，連吾這種凶惡之存在，也會被汝激發內心之保護慾。」

「…………」

看起來可憐。看起來可憐兮兮的孩子。

「說到凶惡……瀏海姑娘，吾來說說『可愛』這武器多麼凶惡吧？」

忍小姐以壞心眼的語氣說下去。

是的。和剛才的嘲笑完全不同，這張笑容恐怕就是曆哥哥所說「淒滄的笑容」。忍小姐在六月是完全不苟言笑的吸血鬼，但如今因為會露出笑容，反而更加恐怖。

「動物之孩子……其實人類之孩子亦同，以外表或動作激發保護慾，是弱者用來生存之武器。不對，不只是弱者？吾亦曾經因為如此可愛之外表，使得對手逕自粗心大意。哼，之前那個斧乃木姑娘亦為此類。」

「…………」

「或者可以稱為……擬態吧。和警戒色相反。」

此時，忍小姐似乎咧嘴笑著，看向撫子的右手腕。撫子不確定，或許只是多心。可能只是因為內疚，所以擅自過度自我意識……

即使如此，撫子全身依然頻頻發抖。

舌頭也打結，雖然不是絕對，卻說不出話。

「『可愛』是匹敵『強勁』之武器。吾不是想藉此炫耀兩者兼具之吾稱霸天下，當然不是如此。這種事無須強調。吾只是想說，汝光是這樣頻頻顫抖，就能夠令吾失去殺意，實在很吃香。」

「…………」

這……不對。

這樣是吃香？

溫順、寡言、不擅長和他人打交道的撫子，擅自被當成是「正經」又「乖巧」的孩子，又是被拱為班長、又是被委託吃力不討好的事……

總是吃虧、總是背叛期待。

害人失望，撫子真的很難受。

「哪……哪有吃香……」

「真的嗎？嗯嗯？光是沉默，大家就會親切以對吧？光是沉默，大家就認為汝很聰明吧？光是沉默，大家就認為汝深謀遠慮吧？即使做不到，大家亦會笑著帶過吧？光是悶不吭聲，就能忍過討厭之事情吧？光是和大家做同樣之事，就會得到比別人好之評價吧？即使講一樣之話語，亦比別人更受到佩服吧？即使失敗亦不會被罵吧？即使說謊亦能得到原諒吧？」

「撫、撫子……」撫子搖頭回應。「撫子討厭這樣。這不是吃香……這、這只是類似歧視的東西，撫、撫子……」

「只要遭遇困難……」

撫子擠出聲音反駁，忍小姐卻沒聽進去。

忍小姐無視於撫子，如同撫子不存在，逕自說下去。

「就會有人擅自協助吧？只要起爭執，就會有人擅自以為汝是受害者吧？」

「…………」

「哼，原本以為汝是刻意作戲，看來並非如此。換言之，此為天性使然，不經特別努力就擁有這份可愛、這種舉止。總是專注於琢磨自我之吾，實在是羨慕至極。」

忍小姐說得一點都不羨慕的樣子。

「順帶一提，汝這種『少根筋又可愛』之存在，汝知道在日文如何稱呼嗎？」

瞧不起撫子的氣息完全沒消失，反倒是有增無減。

「…………」

「喂喂喂，吾在問話。吾准汝回答。」

怎麼這樣。

就算准許撫子回答……

「撫……撫子不知道啦。是……『凶惡』？」

「是魔性。」

忍小姐像是扔下這句話般斷言。

魔性。魔性？

「也就是汝比起怪異更像妖怪。喀喀喀！」忍小姐再度發笑。「沒事沒事，別在意。抱歉抱歉，吾說得太過火了。搞不懂吾居然對區區人類講這種話。汝維持現狀即可，就這樣活下去吧，和吾無關。就這樣活到人生終點，像這樣一輩子讓曆哥哥擔心汝吧。」

然後，忍小姐這次真的抱著曆哥哥，像是很沉重般半拖著曆哥哥離開房間。

忍小姐走到走廊時轉過身來，露出不只是瞧不起，還打從心底輕蔑撫子的眼神，對撫子這麼說。

「走運的長得這麼可愛，真是太好了。」

015

隔天早上，撫子一醒來，發現月火睡在身旁。

「……………」

即使沒尖叫，也不表示沒嚇到。

撫子嚇得發不出聲音。

極度受驚。

真要說的話，是以超音波尖叫。還以為喉嚨與肺臟會壞掉。

阿良良木兄妹都想和撫子一起睡……

月火睡得很熟，而且把撫子當成抱枕緊抱。

撫子動彈不得。

或許需要講解，所以即使嘮叨也姑且再三強調，月火很恐怖。她的凶暴程度，在國中生之中廣為人知。

情緒起伏強烈，甚至被形容像是核武般棘手。

醒來時發現被核武緊抱，誰能理解這種恐怖……不過，被核武緊抱的構圖，有點「匪夷所思」就是了。

撫子討厭別人碰觸，即使是父母，撫子被任何人碰到都會覺得噁心，但是既然像這樣被牢牢架住，而且對方是月火，撫子就無計可施。

只能臉色蒼白。

「……唔。」

就在這個時候——也就是撫子什麼都沒做的時候，緊抱撫子的月火醒了。

「……咦，唔哇！撫子！」

「…………」

「嚇死我了～！」

月火整個人彈起來。

她離開撫子，就這麼滾下床，反應好誇張……像這樣看起來，就覺得月火和撫子完全不一樣。

我們真的同年，真的同樣是女生嗎？

「為、為什麼撫子在哥哥床上？我明明是緊抱哥哥啊！」

「…………」

這段發言令撫子不敢領教。

看來月火是在凌晨睡昏頭，鑽進曆哥哥的被窩。曆哥哥平常似乎都是由月火與火憐姊姊叫醒……難道不只如此？

難道會做更進一步的事？

總之，撫子確認房內。

嗯，看來火憐姊姊不在……

「……月火早安。」

撫子這麼說。

總之先道早安。畢竟是早上。

「唔、嗯……撫子早安。」

順帶一提，撫子和月火小學時代互稱「千千」與「良良」，但這樣聽起來稍微幼稚過頭，所以最近改為相互稱呼名字。

啊，不對。現在不是解說這種事的時候。

月火起身之後，整理好滾下床時弄亂的浴衣裙襬站了起來。她的浴衣和撫子相同款式，撫子莫名覺得怪怪的。

不過，月火的感覺也相同，不對，以月火的立場，撫子是擅自穿她的浴衣（畢竟從時間來看，撫子不認為曆哥哥已經說明這件事），因此她露出疑惑表情。

「？」

令人覺得她還沒睡醒、還在夢中的表情。

曆哥哥也說過，月火下垂的眼角是明顯的特徵，所以明明醒著，看起來卻很睏。

「啊，那個……這、這是……不是那樣……」

撫子結結巴巴地說明。

撫子現在最害怕的，是月火誤會「撫子擅自借穿月火的浴衣，還擅自睡在曆哥哥床上」。

要是具備極度戀兄情結（沒禮貌）傾向的月火如此誤會，以最壞的下場，撫子可能得和當地所有國中生為敵。

這比怪異附身還恐怖。

「那、那個……月火，撫子是，曆哥哥……」

「撫子！妳難道假扮成我襲擊哥哥？」

「…………」

月火誤解的程度，輕易超過撫子預料的「範疇」。

撫子再度覺得這個妹妹很恐怖……

不對，是這對兄妹很恐怖。

有其兄必有其妹。

「了不起，真大膽！」

月火豎起大拇指，不知為何很開心的樣子。看來雖然稍微誤會，但她諒解了。

難以捉摸的孩子……

撫子甚至無法預料哪些因素會影響她的心情。

「火……火憐姊姊呢？」

撫子戰戰兢兢地詢問。

火炎姊妹原則上總是共同行動，所以即使她現在不在這裡也不能安心。

既然擔任參謀的月火已經原諒撫子，應該不會發生萬一，但還是小心為上。

一個不小心，撫子來不及解釋就會被踹。

「唔～不曉得……記得應該是去晨跑吧……」

咦？這個回應好含糊。

難道火炎姊妹不像撫子聽到的那麼異體同心？

還是最近發生了什麼事？

不是吵架或決裂，是令火炎姊妹的關係產生變化的某些事？

「總之，撫子，好久不見～」

月火後知後覺般如此問候。雖然晚了一步，但終究是禮儀。

即使同床共眠，但交情再好也要注重禮儀。撫子與月火曾經同窗，但現在連學校都不同，實際上沒有很親密，所以應該需要打招呼。

「好、好久不見。」

撫子這麼回應，而且深深低下頭。

擺出這個姿勢，也是因為剛睡醒的臉被看見很難為情。

「嗯。」

月火甜甜一笑。

說到後知後覺，好久不見的月火換了髮型。不對，月火換髮型就像換衣服一樣平常，基於這層意義不算是後知後覺。

撫子對時尚不熟，不曉得這髮型叫什麼名字，但總覺得各處是「鋸齒狀」。是剛好位於時髦與前衛中間的髮型……如此引人注目的髮型，撫子實在學不來。應該說，撫子總是只留長瀏海，然後自己簡單剪齊。

撫子沒去過髮廊。畢竟不喜歡別人碰頭髮或頭皮……即使不提這一點，理髮時得和美髮師進行社交對話，撫子實在無法忍受。

但撫子沒去過髮廊，所以「社交對話」只是源自撫子想像的產物。

「啊啊，我明白了，大腦終於開始運轉了。是哥哥發現撫子並且帶回家吧？換句話說，哥哥將床讓給撫子，自己去一樓睡。真紳士～」

喔喔，不愧是火炎姊妹之中的參謀。

猜得很接近真相。

除了曆哥哥不是紳士，要說完全猜對也行。

「月、月火，對不起……為妳添麻煩了。居然害妳說謊，妳很為難吧？撫子的爸媽三更半夜打電話給妳……」

「啊哈哈，沒到三更半夜的程度啦～畢竟我剛好在聽廣播。何況我很習慣幫朋友做偽證，別在意～」

「…………」

這番話相當不妥。但撫子就是得到月火這種不妥發言的協助，不可能計較。

不過，對撫子的父母來說，這樣是「出醜」。

「我明明說過撫子也已經不是孩子，扔著不管也不要緊，什麼嘛，後來哥哥還是去找妳了。本來覺得哥哥愛操心又保護過度，卻能確實找到妳，這就是哥哥了不起的地方。」

「唔、嗯……曆哥哥很了不起。」

撫子點頭附和。

不過，撫子對月火這番話有些在意。不對，不是在意這番話本身，而是這番話引得撫子回想起昨晚的事……

「愛操心」、「保護過度」。

干涉過度。

曆哥哥。

不過，曆哥哥為撫子這麼著想，是因為……

「唔唔？撫子，怎麼了？看妳這樣低頭，不舒服嗎？這樣看不見妳那張可愛的臉蛋耶？」

「……哪、哪有可愛，別這麼說……」

撫子頭低得更低。

昨晚的撫子，甚至無法這樣反駁。

「別這麼說啦……撫子不可愛。」

「唔唔？」

月火頭歪得更歪。

「撫、撫子……不可愛。」

「咦～說這什麼話，不是可愛嗎？撫子可愛吧？很可愛、超可愛，要說是地球上最可愛的生物也不為過，是寫成『可得人愛』的可愛，好可愛好可愛好可愛好可愛。我小學二年級四月和妳同班時，就立刻有這種想法。唔哇，好可愛！」

以上是月火驚濤駭浪的「可愛」攻擊，如同要抹滅撫子細如蚊鳴的反駁。撫子與其說害怕，更想鑽進被窩縮起來。

不只是好丟臉的程度。

「可愛程度僅次於我！」

「…………」

講得和吸血鬼一樣。

看起來睡眼惺忪，卻擁有高到恐怖的自尊與矜持。

難道月火也是怪異？

出乎意料地有可能。畢竟她各方面都像是妖怪。

「我看到妳的瞬間就覺得，啊，一定要和這個女生交朋友！要是沒和這個女生交朋友，會是我人生的一大損失！」

「那、那麼……」

撫子問了。

詢問無須詢問的問題。

「如、如果撫子不可愛……月火當時就不會和撫子……交朋友嗎？」

「嗯？」

撫子是看著下方詢問，但無須看月火就知道她明顯露出疑惑表情。

形容成「疑惑」還算好聽。

雖然這聲「嗯？」是女孩風格，實際上卻堪稱是「啊啊？」這樣，朽繩先生經常用來表示「這個笨蛋講這什麼話？」的附和聲。

這是月火恐怖起來的樣子。

沒把不良學生放在眼裡。

「這是怎樣，什麼意思？」

「對、對不起……沒、沒事。」

「不是對不起的問題，不是有沒有事的問題，我在問剛才那番話是什麼意思。撫子，可以回答嗎？」

「…………」

好恐怖。為什麼大清早就落得這種下場？

「什麼？沒聽到？妳沒聽人說話？還是說妳無法回答、不想回答我？」

「對……對不起。」

「就說了，不是對不起的問題。怎麼樣？是我的問法錯了？是我的錯？還是妳做了什麼虧心事所以道歉？撫子做了某些對不起我的事？在想某些對不起我的事？」

「……不、不是……」

好恐怖好恐怖好恐怖。

這不是女國中生問話的方式。

因為，月火拳頭握得好緊。

撫子看著下方，以免看見月火的臉，所以視線剛好落在月火的大腿，她在大腿上緊握拳頭。

而且不是因為憤怒而緊握，是將拇指露在外面，功夫形式的握拳方法。感覺得到月火「依照回應可能會一拳揮過來」的堅定主張。

以及「沒回答也會一拳揮過來」的主張……

好恐怖。

而且除了恐怖，撫子也覺得她「好厲害」。明明不是做這種事的場合，撫子卻如此心想。

好厲害。真的好厲害。

明明是這種個性，居然廣得人緣。

月火大概具備許多「優點」，足以彌補這種個性吧。撫子這麼心想。

是的，就是這樣。

有著「可愛以外」的優點。

「好，打肚子吧。」

「等一下！要說了要說了要說了！」

月火的憤怒似乎輕易超過臨界點，她掛著下定決心的表情無聲無息平順起身，撫子立刻雙手朝天花板高舉示意投降，並且以平常不可能的流利語氣大聲回應。

「就、就是因為，有人對撫子說『有幸長得這麼可愛，真是太好了』這種話。」

正確來說不是人，是吸血鬼，但撫子終究不能如此坦承，而且說實話聽起來反而像是謊言。

要被打了。部位是肚子。撫子從月火表情以外的地方感受到這股意志。

「『有幸長得這麼可愛，真是太好了』？」

「唔、嗯……是、是的。妳模仿得很像喔，一模一樣。」

「慢著，我並不是在模仿……」

不過，被稱讚的月火露出開心害羞的樣子，從起身姿勢再度坐到地上。

看來她的弱點是稱讚。真簡單。

不，實際上，撫子引述原句時稍微修飾過，所以沒有像不像的問題。

正確原句是「走運的長得這麼可愛，真是太好了」。

當時忍小姐淺淺一笑，留下這句話。

「可、可是……那個。並不是第一次有人這麼說……撫子從以前就常被這麼說。說撫子只不過是可愛而已……只有外表可取……」

妳只不過是可愛而已。

對撫子說這句話的，是撫子的朋友。

是撫子以為是朋友的人。以為是最好朋友的人。

是對撫子「下咒」的人。

「還說『明明什麼都沒做，真狡猾』……」

「這樣啊……不過總歸來說，這只是嫉妒吧？」月火這麼說。「換言之，我知道那個人會怎樣亂講話。像『有幸這麼會念書，真是太好了』、『有幸跑這麼快，真是太好了』、『有幸出生在有錢人家，真是太好了』等等。要是這麼說，世上所有事情都是靠幸運決定吧？」

「……嗯，是這樣沒錯。」

「畢竟像我也是『有幸成為哥哥的妹妹』。」

「…………」

原來月火思考自己最大的優點時，首先會想到自己是曆哥哥的妹妹啊……值得畏懼。這算是什麼樣的自我評價？

「無須在意吧？我原本以為撫子這次的夜間散步不是離家出走之類的，所以真的是離家出走？難道原因在於有人對妳講這種話？」

「不、不是……」

順序反過來了。

不過，忍小姐說的那番話，確實令撫子受創到想離家出走。不是因為話語本身，是因為話語隱藏的敵意。

企圖傷害撫子的那股敵意，使撫子受到打擊。

「撫子，『如果不可愛，是否就不交朋友』這種問題，我覺得違反實際狀況又毫無意義，應該說妳一提出這個問題，就會搞砸各方面的事，所以我不回答。」

「…………」

「如果妳即使這樣也要求我回答，我只能回答『不會』。所以怎樣？妳希望我這麼說？聽到我這麼說會接受並且快樂？妳希望我講這種話？只要我講這種話，就算是撫子贏了？」

「不、不是……」

「不是啊。那麼換句話說，撫子討厭可愛的自己？」

「不、不是啦……可是，別人講得好像撫子只有這點可取……撫子不要這樣。」

撫子說得很小聲，或許月火聽不見。

所以撫子繼續說下去，如同追加補充。

「撫、撫子希望……能在看不見的地方，多一點價值。」

「價值？」

「像、像是成績好、運動好……或是個性好，即使是有幸或湊巧都好，希望能有這種……類似價值的東西……對，那個，就像是才能之類的東西……」

「但我覺得一樣吧……」月火像是氣到無奈般聳肩。「擁有才能的人，或許也有相同的想法。這種人要是聽到『明明不可愛卻這麼厲害』也會受傷。不過就算這樣，否定自己的個性也沒用吧？」

「可、可是撫子……不是自願長得可愛……」

所以，撫子討厭「長得可愛就吃香，真狡猾、真卑鄙」這種說法。

不對，不是討厭。

是覺得費力。

撫子會累。包括身體與心理。

「……只因為可愛就得到偏袒，撫子會……」

「內疚。」

月火搶了撫子的話。

關於這一點，應該不足以形容為敏銳。

除了撫子，所有人都明白這種事。

「所以妳才像這樣留長瀏海遮臉？」

「……………」

「我一直以為這是因為妳內向，不喜歡和他人四目相對……不過撫子，即使遮得住臉，妳也遮不住舉止、遮不住聲音啊？因為撫子展露在外的一切都好可愛。」

「……………」

「總之，任何人都想得到自己沒有的東西。像火憐就在意身高過高，我也想過自己不是哥哥的妹妹該有多好。」

優點與缺點一樣，而且都和曆哥哥有關，所以撫子才會不敢領教。

請不要講得這麼毫不隱瞞。

如果月火不是曆哥哥的妹妹，會發生什麼事……

「原來如此。撫子是基於這個原因留瀏海。」月火重新確認般這麼說。「而且因為這樣，所以平常都不打扮，老是穿那種老土的衣服。」

「……………」

不。

撫子在穿著方面並沒有……

「也因此戴著品味那麼差的髮圈。」

「…………」

「原來是這麼回事……嗯，那麼包含這方面在內，我要提供一個建議。」

「建、建議？」

「嗯，聽清楚喔。就是……」

月火點頭之後說下去。

而且是隨著滿臉笑容這麼說。

「我明白撫子想說什麼了，即使如此，只有可愛可取的撫子也沒錯，笨蛋。」

「…………！」

一刀兩斷。

言論過於偏激，撫子甚至沒受到打擊。

明明沒有聽錯的餘地，撫子卻以為自己聽錯。

而且，撫子覺得月火果然很厲害，撫子從剛才就有些消沉，她卻連一句溫柔或安慰的話語都沒說。

天啊，真的真的好厲害。

相對的，想到撫子剛才講了那麼多，到最後也只是想得到溫柔或安慰的話語，就覺得自己很丟臉。

「既然討厭自己只因為『可愛』就得到偏袒或稱讚，就提升『可愛』以外的部分不就好了？必須努力提升、致力提升。但妳為什麼想消除『可愛』的部分？這樣反了吧？莫名其妙。」

「……努、努力提升，致力提升……？」

「嗯。大家都是這樣啊？」

「…………」

月火說得很乾脆，撫子無言以對。

不，她說得很中肯……

她說得非常、非常中肯。

「可、可是月火……」

「什麼事？」

「努、努力，或是致力……那個……不是很費力嗎？」

「…………」

月火沉默片刻。

「確實很像撫子的個性。」她這麼說。「該說嫌麻煩還是怠慢……我很喜歡撫子這種個性。」

「…………」

「不過，這是什麼感覺？我不太懂，缺點像這樣受到肯定，是什麼感覺？」

「啊？」

月火這番話，使撫子率直發出疑問聲。

缺點受到肯定？

「例如『雖然懶散卻喜歡這一點』，或是『喜歡講話不留情的這一點』，或是『喜歡背負不堪回首往事的這一點』，或是『喜歡脫線的這一點』等等，這是怎樣的感覺？聽到這種話，究竟會抗拒還是高興？」

「…………」

「何況，是誰對妳講這種話？」

「妳、妳問是誰……」

月火不等撫子回答，就直接問下一個問題了。

「就算妳問是誰，那個，撫子也不曉得怎麼回答……」

「難道是哥哥？」

「哪、哪有……曆哥哥不會講這種話……」

曆哥哥差點要背黑鍋，所以撫子強烈否定。但說出這句話的忍野忍小姐，是在精神層面和曆哥哥同步的吸血鬼，因此撫子否認的語氣，或許不如自己想的那麼堅定。

雖然不是因為這樣，但撫子像是補足般追加這句話。

「曆、曆哥哥很溫柔……」

「嗯，我知道哥哥很溫柔。我比妳清楚。但哥哥也可能因為這樣，多嘴說出無謂的事情，說出不用明說……更正，不應該說的事情。」

月火這麼說。

「…………」

「話說，撫子喜歡哥哥吧？」

她忽然扔出隱藏王牌。

而且是正中直球。

感覺像是原本在打棒球，中途卻忽然改為躲避球。

不對，不是躲避球，命中撫子的始終是硬球，所以這正是所謂的觸身球出局。

「這、這是在說什麼哩……」

撫子內心極度亂了分寸，語尾變得奇怪。

好像古典推理小說的真凶。

該說出乎意料符合現在的狀況嗎……

「妳、妳有證據嗎……」

「哎，用不著隱瞞啦，畢竟超明顯的，大家早知道了。大概只有哥哥不知道。」

「…………」

「所以我覺得，撫子昨晚能夠睡哥哥的床，應該很開心吧？」

月火這麼說。

不對。撫子不是那種不檢點的女生，連一瞬間都沒有在被窩脫掉浴衣全裸。撫子很想這麼說，舌頭卻打結。

還不到恐慌的程度，但也差不多了。

沒有啦，總之基於各種經緯，撫子覺得至少月火知道這件事，可是……

「我還以為，是哥哥對妳說『長得這麼可愛，真是太好了』這種話，才害妳這樣在意。」

「……不是的。」

撫子嘴裡這麼說，但忍小姐說那種話，確實令撫子心底留下陰影。

可是……

「可是，曆哥哥像那樣擔心撫子、通宵找撫子，說不定也只是因為撫子『可愛』的關係……」

「如果妳沒其他可取之處，或許是這樣吧。」

斬釘截鐵。

月火講話真的毫不留情。

她哪裡像是曆哥哥的妹妹了……不對，臉挺像的。

「畢竟哥哥對可愛女生沒有抵抗力……騙妳的，但應該沒有抵抗力吧。無論對方是誰，哥哥都會幫忙。撫子的可愛在哥哥面前毫無意義。」

「…………」

「妳對此也有所不滿？真任性。」

「沒有，不是那樣……」

撫子只是在思索，忍小姐那番話與月火這番話，究竟誰是對的……但應該不是誰對誰錯的問題。

和曆哥哥知覺同步的忍小姐，以及曆哥哥的妹妹月火，只是各自以不同看法進行不同解釋。正因如此，撫子也要以自己的看法解釋才對。

但撫子沒任何看法，沒任何解釋。

撫子放棄自己思索、自己動腦。

「不過，反過來說，撫子是因為我是『曆哥哥的妹妹』，才和我交朋友？」

「咦？這、這……」

撫子慌張起來。

也因而回想起那個女生為了和心上人接近，才和撫子交朋友的傳聞。

回想起來之後，更加慌張。

「不是那樣……因為，順序反了……小、小學二年級的時候，撫子先和月火成為朋友，來到這個家玩，才認識曆哥哥……」

「這樣啊。不過，妳從今年第一學期再度和我來往，是因為哥哥的關係吧？換句話說，不就是因為我是哥哥的妹妹？」

「…………………」

「……要是我這麼說，妳會抗拒吧？」月火看到撫子沉默，忽然改變原本嚴肅的語氣。「不提實際如何，撫子妳剛才就在講這種話耶？沒考慮到對方的感受。」

「……對不起。」

不對。

就說了，月火不是在要求撫子道歉。

「可、可是，撫子並不是因為月火是曆哥哥的妹妹而來往。月火雖然恐怖……」

「啊？」

「不、不是，剛才是撫子口誤，撫子是說月火很控補……」

「控補是什麼意思……？」

撫子沒能含糊帶過。

不過聽月火這麼說，就覺得確實無法斷言完全沒包含這個層面。雖然順序相反，但在國小二年級時代，和現在同樣害怕和他人打交道的撫子，之所以數度接受邀請來月火家玩，不只是因為月火個性強硬，曆哥哥肯定也是重要的原因。

基於這層意義，撫子沒立場抱怨他人，或是「發牢騷」。

是的，連那個朋友也一樣。

「到頭來，我一直有這個疑問，從以前就打算找機會問……撫子，妳為什麼會喜歡上哥哥？」

「為、為什麼是指……」

「啊，不對，原因就不追究了，應該是以前小學時代，發生某些事成為契機吧。畢竟哥哥很帥、很溫柔、很迷人，而且以前很聰明。」

「…………………」

她稱讚親哥哥的方式無懈可擊。

撫子有點嚇到。不，應該不只是「有點」。

「喜歡上別人不需要理由……反過來說，無論是因為『可愛』、或因為『是某人的妹妹』，基於任何理由喜歡上別人都無妨。不過撫子，妳後來六年一直喜歡哥哥的理由是什麼？」

「咦……」

「撫子和哥哥有交集的時間，只有妳小學二年級那時候吧？只有哥哥六年級那時候吧？畢竟哥哥升上國中就耍帥，很少和晚輩女生一起玩……所以後來這六年，撫子甚至沒見過哥哥才對。那妳為什麼能繼續喜歡哥哥？」

「………………」

「該怎麼說，就我看來，這似乎輕易就超過『專情』的程度……」

實際上，曆哥哥久違六年見到撫子時，完全忘了撫子。

這是理所當然的，不能說曆哥哥很冷淡或是記性很差，至少他不應該遭受責備。

只是撫子單方面記得。

只是撫子反常地記得。

「那、那個……可是……」

撫子如此回應。

現在的撫子正在解釋。

「可是，撫子升上小學三年級之後，也聽過曆哥哥的傳聞……妳、妳想想，曆哥哥最認真投入活動的時期，不就是國中時期嗎？如同月火與火憐姊姊，同樣是在國中時代開始『火炎姊妹』的活動……」

撫子滔滔不絕地解釋。

撫子像這樣忽然多話，月火果然毫不客氣投以質疑的視線。

「也是啦。」

不過，她點頭附和。

曆哥哥國中時代的活躍（也可以說是調皮），身為妹妹的月火應該最清楚。

所以，這應該是頗具說服力的「藉口」。

「畢竟哥哥升上高中……在各方面也很有名。但是不知為何，哥哥好像自認是普通又平凡的高中生。」

「因為曆哥哥對於『普通又平凡的高中生』的觀念，和一般人差很多……」

「是啊……任何人應該都覺得自己的基準和一般人一樣吧。例如長得再可愛，也堅稱自己不可愛。」

「…………」

這確實是撫子失言，進一步來說是對月火發洩情緒，但月火有點煩人。

和大而化之的火憐姊姊成為對比，相當記恨。

差不多該放撫子一馬了吧？

「唔、嗯……所以並不奇怪。在短短六年間一直喜歡同一個人很正常。」

「短短六年……可是對於國二學生來說，是一半的人生耶……」月火這麼說，然後接近到撫子面前。「我姑且確認一件無須確認的事。」

她以手腳著地的姿勢接近床，從下方看向低頭的撫子。她使用這個姿勢，撫子就無法隱藏表情。

「撫子喜歡哥哥的心意，是那種心意吧？不是當成『溫柔的大哥哥』或『朋友』來喜歡吧？」

「…………」

「是性方面的喜歡吧？」

「性、性方面……」

「說錯了。是異性方面的喜歡吧？」

「唔……嗯。」

「不是我或火憐那種崇拜的立場，是想和哥哥交往、想和哥哥成為情侶，是基於這種意義的『喜歡』吧？」

「唔、嗯……是的。」

「想和哥哥親熱吧？」

「想、想親熱……對……」

「想做那種事或這種事？」

「想……」

撫子僵於這種像是質詢的問法，只能如此回答。

至於右手腕的朽繩先生，同樣什麼都沒說、什麼都沒做。

表現得如同不存在於那裡。

他聽到撫子與月火──國二學生之間的這種對話，會有什麼想法？

「撫、撫子……喜歡曆哥哥。是當成男性喜歡……」

「這樣啊。」

月火說完點頭，就這麼從下方注視撫子的表情說下去。

該怎麼說，在這種場面，感覺她會說出「既然這樣，我會為妳加油！和好的任務就交給我吧！」這種話，但月火實際說出口的話語，幾近完全相反。

畢竟她是月火。

「可是，哥哥有女朋友啊？」

016

撫子知道自己瞳孔擴大。

也知道臉部肌肉抽搐、感覺到嘴角痙攣。

即使想阻止也無法阻止，這是生理反應。

喉嚨發出聲音。

這些動作，月火都清楚觀察在眼裡。

感覺像是度過一段永恆的時光，其實應該是不滿一瞬間的剎那吧。實際上，月火眼睛眨了一次就瞇細。

「這樣啊……原來如此，妳果然早就知道了。」

她這麼說。

「…………」

「妳就是這種反應。比起『嚇到』更像是『被看穿』。畢竟哥哥的事蹟很容易傳開，只要正常住在這座城鎮，想不知道也沒辦法。而且以撫子的狀況，哥哥應該不像對我或火憐那樣瞞著這件事。」

月火說完，從撫子下方離開起身。

撫子以為月火又要動粗，連忙縮起身體，實際上月火不是要打人，是打開房門。

還以為她對撫子感到無奈打算離開，卻也不是這樣，單純只是在確認走廊。

她環視兩側之後——應該是確認曆哥哥與火憐不在外面之後，關門回到原位。

不對，不是原位，是床上。

月火上升到和撫子相同的視線高度，坐在床上。

這張床彈性很好，撫子感覺地面在搖晃。不對，心情上不只是地面，像是一切都上下搖晃。

類似這種感覺，而且很恐怖。

或許各位從剛才就覺得撫子害怕朋友過頭，既然這樣，請代替撫子坐在這裡。

「那麼撫子。」月火筆直注視撫子。「同為女生的我們，敞開心胸好好聊吧。」

「…………」

這個場面還要繼續？

差不多該換個章節，讓撫子去找朽繩先生的神體了吧？

感覺得到撫子對月火的好感度迅速下降……

不對，月火應該完全不在意自己的好感度。是的，和撫子不一樣。

「妳幾時知道的？」

「該、該說是什麼時候……總之，像是傳聞……也、也有聽到一些……不、不過不只是傳聞，撫子經常看到，曆哥哥和女生走在一起……」

「……臭哥哥，怎麼可以經常被看到？」

月火如此低語。感受得到妹妹對於冒失哥哥的強烈憤怒。

「因為每次都是不同女生，撫子原本覺得應該不是女朋友，可是……」

「我哥哥太冒失了……」

「這麼說來，撫子好幾次看到曆哥哥騎在火憐姊姊肩膀上……」

「居然好幾次！」

「所、所以撫子覺得，大家或許都像是曆哥哥的妹妹……」

「一個男的有這麼多像是妹妹的女生，總覺得比起有很多女友更差勁……」

「可是……」

可是，其中只有一人，明顯「不同」。

有一個人不同。

不是妹妹，當然也不是姊姊。

「有一位看起來就是戀人的登對女生。」

「……登對是吧……」月火同意撫子這番話。「哥哥和那個人確實很登對，甚至是非她莫屬的程度。或許大家都覺得那個女生非哥哥莫屬，但其實相反。」

「記得是上個月左右的事……啊，不對，現在是十一月……所以是上上個月。」

「這樣啊，所以是進入第二學期之後……比想像的晚。」

「…………」

「真的？沒說謊？」

月火狠狠瞪向撫子。

眼角下垂的雙眼完全睜開，相當恐怖。

感受得到魄力。

「敢說謊就揍妳喔？」

「沒、沒說謊。」

「而且是下腹部。」

「目標部位更具體了……」

「這樣啊。總之，妳這時候說謊也不會怎樣，我現在視為問題的是『撫子明明知道哥哥有女朋友，為什麼依然能繼續喜歡哥哥』這件事。」

「被、被視為問題了……」

撫子微微後退。

感覺距離太近就會被打。

即使稍微退後，但再來就是牆壁，撫子想逃也無處可逃……

「什麼嘛，難道不是問題？」

「因、因為……撫子並沒有……」

這段對話充滿緊張感，好像只要回答失當，拳頭立刻就會揮過來……為什麼會變成這樣？

包括爸媽發現撫子溜出家門在內，撫子覺得主要原因是朽繩先生的誤判……

朽繩先生依然只纏附在撫子右手。撫子甚至已經不把他當成朽繩先生，想改稱為髮圈先生。

「撫子沒有『橫刀奪愛』的企圖……也做不到……那個，也不希望那位小姐和曆哥哥分手……那個，撫子確實……想和曆哥哥交往……可是，既然曆哥哥有女朋友，撫子就不想添麻煩……只要陪在曆哥哥身旁就好……只要喜歡曆哥哥就滿足……」
「所以我才說這是問題吧！」
撫子被打了……不對，沒被打。
只是月火的聲音太大，令撫子覺得腦袋被打，不禁縮起身子。
如果是蛇，應該會捲起尾巴吧。
「明明喜歡到這麼明顯，卻不想交往……還說並不想成為情侶，所以這樣該怎麼形容？完全莫名其妙吧？」
「…………」
「說什麼只要陪在身旁就好，只要喜歡就滿足，這樣聽起來似乎很好聽，只像是文靜賢淑、遵守分際，聽起來好像是佳話，但妳不覺得這番話很莫名其妙嗎？」
月火毫不隱瞞逐漸粗魯的語氣，看來真的對撫子動怒。
可是，撫子不懂。
她在氣什麼？
而且，她是為撫子這種人生氣。
「換句話說，在撫子心目中，哥哥就像是映像管裡的偶像、漫畫裡的英雄，只是妳崇拜的對象？」
「…………」

「映像管」這種形容方式，在這個年代幾乎過時了……

「妳說妳對哥哥是性方面……更正，是異性方面的喜歡，卻只有這種程度？」

「假、假設真的是這樣……」

撫子結結巴巴地回應月火。

雖然依舊看著下方，卻努力反駁。

「對偶像或英雄的心意，也不一定『薄弱』到只能形容為『這種程度』……對、對於撫子來說，曆哥哥就是這樣的……」

「不是這樣。」月火一口打斷撫子的話語。「我的意思是，妳講得莫名『含糊不清』。明明說從小學二年級就一直喜歡，卻講得好像很懂事，還以為妳是這種人，妳卻會邀哥哥到家裡、穿清涼衣服挑逗、睡哥哥的床、積極進攻、看到哥哥有女友的時候視而不見……就算這樣，妳也沒有死心，得到哥哥擔心的時候就很開心……」

「哪、哪有開心……」

有。非常開心。

「如果要我率直說出聽過妳這些話的感想，就是……」

月火一定會說出來。

雖然以「如果要我率直說出來」為開場白，雖然可以的話不希望她說出來，但月火應該不會「徵詢」撫子的意見。

她會直接說出來。對撫子說出來。

「感覺妳像是放心進行一場絕對無法如願的戀愛。」

「…………」

「喜歡上某人，就可以免於喜歡上其他人。這麼說來，羽川姊姊好像說過，過高的理想會令人頹廢。」

月火置身事外般這麼說。

不對，她確實置身事外。這是撫子的事。

「基於這層意義，『映像管裡的偶像』或『漫畫裡的英雄』這種譬喻，我自己都覺得淺顯易懂耶？我不是在挖苦。因為以這種高不可攀的人物或虛構角色當成戀愛對象，就不會受到傷害。這是所謂的『二次元萌』？」月火這麼說。「和絕對不會被甩的對象談戀愛，很輕鬆吧？」

「……或、或許不會被甩……可是偶像也會結婚，英雄也會和女主角結合……」

「說得也是。」

月火很乾脆地同意撫子努力提出的反駁。如同這種地方被駁倒也不痛不癢。

不對，實際上應該是這樣。

撫子剛才說的那番話，就像是「灰姑娘的玻璃鞋，為什麼沒有隨著魔法解除而消失？」這種不解風情的吐槽。

因為……實際上，這只讓撫子聯想到曆哥哥已經交女友的事實。
「月、月火……那、那個，撫子不是這樣，完全沒這個意思……」
「是嗎？不過撫子，妳覺得呢？妳因為喜歡哥哥，所以至今過得很輕鬆吧？」
「什、什麼意思……」
「也就是說，像是其他男生向妳表白的時候，只要說『我有其他喜歡的人』就很容易拒絕吧？」
「…………」
如果想結束這段苦行般的對話，只要在這時候說「沒這回事」——也就是在這時候說謊就好，但撫子做不到。
實際上，撫子確實在第一學期，以這種理由拒絕棒球社男生的表白，何況這不是第一次。
而且老實說，曆哥哥是最適合阻止對方提出反駁、繼續糾纏的人選。因為曆哥哥是那對「知名」火憐與月火姊妹的「可靠哥哥」，遠近馳名。
「不，妳不用在意。畢竟我以前小學時代，有男生向我表白時，我也是說『我喜歡哥哥』拒絕對方。」
「……對、對方是基於不同的意義打退堂鼓吧……」
順帶一提，月火現在有交往對象。記得是年紀比她大的男生。

忘記是瑞鳥還是蠟燭澤……是誰在和誰交往？撫子不太清楚。
月火喜歡這個男友勝於曆哥哥？
「不用在意這種事。」
月火完全無視於撫子的吐槽（好落寞）。
「不過，妳這樣又如何呢？被當成裝可愛也無可奈何吧？」
她這麼說。
「……裝、裝可愛……」
「不對。這是撫子的自然表現，不是裝出來的。所以這樣的妳不是『裝可愛』，是『可愛』。」
「…………」
「不過，將稱呼為『哥哥』的對象視為異性喜歡，真的一點都沒有說服力。」
月火說完又補充一句。
「這是蠟燭澤對我說的。」
原來是蠟燭澤。
「所以我才和他交往。」
「是、是這種理由？」
「就是這種理由。對我來說，這樣就足以構成理由。不過，撫子喜歡哥哥沒有充分的理由吧？雖說『喜歡上他人不需要理由』，但這句話只是聽起來不錯，容易令人瞬間接受，實際上不可能這樣吧？我剛才也說過，基於什麼理由都好，即使是事後補上的理由，即使是只有自己明白，沒人願意接受的理由，還是需要理由。」

「幾、幾……」

現在幾點了？

隔著窗簾，已經充分感覺到戶外的陽光，但撫子不曉得正確時間。現在立刻回家、洗澡、吃早餐再上學，可以免於遲到嗎？

撫子腦中只有這種事打轉。

「撫、撫、撫子……」

「就是這個。」

「啊？」

「撫子，妳為什麼自稱撫子？妳又不是兒童，更不是漫畫裡的角色。」

來自意外方向的新指摘，使撫子有種中冷箭的感覺。

第、第一人稱？現在要討論第一人稱？

「這也是撫子的『可愛之處』？」

「那、那個……撫、撫子並沒有那個意思……」

「還是說，撫子的精神停留在小學二年級？用不著想得那麼複雜，單純只是一個戀愛中的女生？」

「或……或許確實有這一面……可、可是月火，撫子單純只是不想造成曆哥哥的困擾……」

「困擾？」

「唔、嗯……剛、剛才撫子應該也說過，只希望別造成困擾……」

撫子點頭說下去。

總之，如果只是沉默，月火應該不會放過撫子，撫子似乎一輩子會被關在曆哥哥的房間。

不過，這樣好像也不錯。

「撫子得知曆哥哥交女友的時候，確實受到打擊……也哭了一整晚……可是就算這樣，也沒辦法把心情當成開關，啪一聲就切換過來。」

會依依不捨，無法忘懷。

「就月火看來，撫子的所作所為或許是戀愛家家酒……或是過於專情的單戀……但是對撫子來說，這是很普通的事，沒有愧疚可言。」

「…………」

「可是，撫子不想造成曆哥哥的困擾……還、還是說不能這樣？單戀也是不被允許的事情嗎？」

不想造成困擾。

同樣的，不想「失戀」。

撫子不想失去這份戀情。

「……但撫子當然知道，撫子即使想造成困擾也沒辦法……畢竟撫子不認為自己贏得過那個人。」

「如果是男生……不對，女生也一樣。」

月火說著走下床。

她的動作，令撫子以為她終於體諒，因而鬆了口氣。

然而，不是那樣。

月火走向曆哥哥的書桌，朝桌上的文具座伸出手。

「無論是男是女，果然會覺得撫子這樣的主張很『可愛』吧。惹人憐惜、嬌柔又可愛。」

「…………」

「而且，我當然也這麼覺得。但我畢竟是哥哥的妹妹。」

月火說著，從文具座取出某個文具。

不對，「這個東西」在文具之中相當普遍，所以用不著賣關子。

「何況，當初是我介紹撫子給哥哥認識，想到我必須負點責任……我果然不能扔下不管。老實說，我確實想扔下不管……不是放著不管，是扔下不管……」

「…………」

「不是有人會買彩券嗎？那種東西一般來說買了也不會中，但如果問他們買了什麼，他們會說『買夢想』……我每次聽到這句話都有一個想法：『去買現實吧』。」

「…………」

撫子不經意想到，朽繩先生也把「探測」比喻為買彩券。

「我覺得，『做夢』的意思就是『面對現實』。如果撫子真的打算向哥哥表白，想對抗那個人，我覺得我可以為妳加油，也想為妳加油，至少會默默從旁守護，我至今一直抱持這種想法……不過算了。」

我膩了。

我幫妳結束這一切吧。

月火一轉身就對撫子這麼說。

在她右手反光的文具，果然是……一把平凡的剪刀。

「喀嚓！」

這個聲音，撫子覺得似乎來自遙遠的某處。

但是，並不遙遠。

近得不能再近。

如果月火的目測稍微失準，撫子恐怕會雙眼失明。距離就是如此近得恐怖。

「咦……？」

輕盈飄落。

撫子勉強平安無事的雙眼，捕捉到某種東西正在眼前飄落。

飄落的東西毋庸置疑，無從掩飾，想拐彎抹角形容也沒辦法，正是撫子的瀏海。

喀喳一聲。

月火揮動剪刀，將撫子的瀏海一刀兩斷。

「…………」

是的。

即使茫然自失，事情也沒有進展。

那麼，撫子接下來要尖叫。

請各位豎耳聆聽。

預備……

「呀啊啊！」

017

像這樣發出大魔王心臟被傳說寶劍刺穿慘死般的尖叫聲，是一小時前的事。

撫子不太記得後來的事。

模糊不清，無從追溯。

撫子現在為什麼蹣跚走在上學的路上，實在是神祕得無以復加。撫子忽左忽右、忽右忽左，以不曉得醒著還是睡著的腳步，在軟綿綿變形的視野之中走向國中，真是不可思議。

撫子為什麼現在還活著？真是不可思議。

如果硬是要追溯些許記憶當成逃避現實的手段，是的，首先在記憶裡重播的，是曆哥哥聽到撫子尖叫聲衝進房間，一拳打飛月火的光景。

天啊。

撫子嚇了一跳。

撫子幾乎是零距離目睹女生被拳頭毆打的場面……這段駭人的影像，甚至令撫子再也不想追究月火至今對撫子的「暴虐」行徑，基於這層意義，曆哥哥的制裁漂亮得超過鐵面無私的包青天。

「千石啊啊啊啊啊啊啊！振作一點！放心，只是瀏海沒了！」

曆哥哥抓住撫子肩膀用力搖晃。

只是瀏海沒了?

不不不,這等同於失去一切吧?

撫子扣掉瀏海還剩下什麼?

「雖然超奇怪,但是別在意!」

居然說超奇怪……總覺得這不算是安慰了吧……只是在陳述一件事實……

「小憐!給我過來!帶千石到安全的地方!我現在有話跟這個小隻妹說!不對,已經無話可說,但我想和這個傢伙獨處一陣子!」

「呵、呵呵呵……」

月火就這麼被曆哥哥騎在身上,發出詭異的笑聲。

以口吐鮮血,令人發毛的寫實風格露出笑容。

完全不是動畫風格的臉。

「哥、哥哥真是的,居然想和人家獨處,真大膽。」

「沒錯,我當然會大膽!接下來我要對妳身體做出不能讓未成年與東京都居民看見的事情!認命吧!」

「請、請手下留情……」

「好啦,我手下會留什麼東西啊?」

驚天動地的兄妹大戰即將爆發。

不對，如同召喚獸被曆哥哥叫進房間的火憐姊姊強行帶撫子離開，所以撫子不曉得後續的兄妹大戰是否驚天動地，或者是更誇張的程度……

火憐姊姊則是冒出不像她會冒的詭異汗水（不爽朗的那種汗水），頻頻發抖說著「月、月火做了什麼事……居然連我都沒辦法袒護……」帶撫子前往一樓盥洗室。

「唔～……記得月火平常用的那把是在……」

接著她這麼說，從櫃子取出剪刀。

不是月火剛才所使用，一般剪紙用的那種剪刀，是有鋸齒的理髮用剪刀。

「總之不能維持這樣，我想幫妳剪得自然一點……可以吧？」

火憐姊姊貼心詢問。

角色設定本應是「豪爽」又「大而化之」的火憐姊姊，居然這麼貼心……

「撫子現在變成什麼樣子……？」

撫子說完，心不在焉看向鏡子。

鏡子裡的人……是誰？

眼前的女生沒有瀏海，完全露出眉毛與額頭，令人不禁這麼問。

是這樣的女生。

「……不可能、不可能、不可能、不可能、不可能、不可能、不可能……」

撫子就這麼嘀咕著前往學校。以左手加右手的雙手手心，遮住自己的臉行走。

其實撫子很想深深戴上帽子……可以的話，撫子很想戴上圓頂硬禮帽之類的帽子遮臉，但無論戴著哪種帽子，到了學校還是得脫掉……

其實，撫子好想請假。

撫子不想以這種髮型上學……

不，火憐姊姊意外具備美容天分，託她的福，撫子現在的髮型多少算是「能看」的程度……即使如此，還是藏不住瀏海與兩側或髮際的不協調感。

除非剪得很短，否則無從取得協調感吧。

走路時像這樣遮著臉走路也遮不了什麼。撫子手很小，即使遮住臉，手指也藏不住額頭。

感覺大家都在笑撫子。

「不可能、不可能、不可能……」

「不不不，撫子，逃避現實也沒用吧，啊啊？」

撫子如今沒有瀏海遮擋的臉發出聲音。

不對，臉不可能發出聲音，正確來說，是臉的旁邊發出聲音。

形容成「遮住右半張臉的右手手腕」發出聲音，應該比較好懂。

是的，也就是久違的朽繩先生登場。

「…………………」

「嗯？怎麼了，撫子，為什麼沒反應？」

「吵、吵死了……」

撫子如此回應。

撫子難得語氣這麼不客氣。

即使對方不是神，也不應該使用這種粗魯語氣，但撫子終究無暇在意這種事。

「朽繩先生……好過分。」

「過分？什麼事？」

「你、你沒幫撫子……」

「喂喂喂，別強人所難啊。本大爺在那個場面做得了什麼？本大爺反倒是依照和撫子的約定，直到最後都保持沉默吧？只應該被稱讚，沒有被罵的道理。啊啊？」

「…………」

以理性來說，正是如此。

但撫子並不是在講理性的事情，是在講感性的事情。

「就算撇除這一點，本大爺也沒道理幫撫子。居然說本大爺沒幫妳，這種說法非常不客氣、自以為是又自我中心。啊啊？」

「……是沒錯……嗚嗚嗚。」

撫子說著放下右手。

要是朽繩先生像這樣講話，不是假扮成髮圈，而是以怪異的形式活動，這種距離終究太近了（講得「浪漫」一點，我們近得碰觸得到彼此的嘴脣），不方便交談。

這麼一來，撫子原本就小的手，不可能只以單手就能遮住整張臉，所以撫子放棄抵抗，連左手也放下。

也是啦。總不能一直像這樣玩「不見了不見了～」的遊戲……

何況，確實有東西不見了。

有個女生的瀏海不見了。

「…………」

啊啊，內心無依無靠。感覺像是光溜溜走在路上。

無論低頭還是看著下方，都無法藏起臉。這種悖德的解放感是怎麼回事……

神原姊姊平常都是這種心情嗎？

那她真的好了不起。撫子好尊敬。

不對，神原姊姊也並非總是光溜溜到處閒逛。

「慢著，這樣很正常。悖德的解放感是什麼意思？」

朽繩先生像是讀心般這麼說。

撫子沒力氣反駁。

即使如此，撫子依然像是自言自語，卻以確實聽得到的音量持續訴說。

「過分……朽繩先生好過分……」

這算是撫子盡己之力的抵抗吧。

不是刻意如此抵抗，形容成「囈語」或許是最近似的說法。

「朽繩先生欺負撫子……」

「居然說欺負……為什麼要責備本大爺？亂發脾氣也要有個限度吧，啊啊？撫子像是蛇一樣長的瀏海不是本大爺剪的，是那個叫月火的傢伙剪的吧？」

「嗚嗚嗚嗚嗚……」

正是如此。

不過老實說，撫子很難對月火動怒……即使她已經遭受那種制裁也一樣。

「為、為什麼……可是，為什麼月火要對撫子做這種事……」

「本大爺覺得沒有為什麼。」

朽繩先生似乎很高興。

明明和撫子同化，卻沒有任何情緒同步。感覺和忍小姐或黑羽川姊姊不同。

不過，在這個狀況，他究竟在高興什麼？

「簡單來說，就是撫子碰到那個女生的逆鱗了。」

「逆、逆鱗……？那、那是什麼？最近流行的萌角色？」

「不是。這不是平假名，也不是綽號。原來如此，撫子不知道逆鱗啊。不過對於本大爺來說，對於像這樣全身鱗片倒豎的本大爺來說，這是稀鬆平常的詞……總之，撫子惹火月火了。」

「……………」

雖然看起來不像，雖然情緒起伏強烈又歇斯底里的月火生起氣來應該不是這樣，但月火在生氣嗎？

當時她拿起剪刀動手，就是對撫子生氣的結果？

…………

慢著，可是再怎麼生氣，也不應該剪掉女生的頭髮吧？

「月火果然好恐怖……」

「是嗎？就本大爺的觀點，撫子恐怖多了。」

「咦？為什麼……」

「本大爺聽過那段對話就這麼認為了，哈哈。比起撫子的心情，本大爺更能體會月火的心情。畢竟我們以『存在的本質』來說非常接近。」朽繩先生說得莫名其妙。

「……不過，那個傢伙比我還要稍微凶殘。」

「你……你在說什麼？」

「沒說什麼。本大爺沒說什麼，什麼都沒說。妳要是聽不懂本大爺說什麼，就代表妳沒必要知道這件事。不提這個，撫子，妳應該沒忘吧？妳今晚得再度尋找本大爺的神體。」

「……………」

「喔喔？難不成妳真的忘了？」

「沒忘啦……可是，撫子現在是這種髮型，不太想出門……即使非得上學……」

何況朽繩先生沒在撫子為難的時候幫忙。撫子最後還輕聲說出這句話，但朽繩先生似乎沒聽見。

聲音太小了。或許得稍微大聲主張才行。

「那個，朽繩先生，撫子有個提議。」

「怎麼回事？提議？」

「撫、撫子認為這個提議對彼此都『有利』，願意聽嗎？」

「當然。因為本大爺和撫子是相互信賴的搭檔。」

你憑什麼講這種話？

雖然不到油嘴滑舌的程度，但蛇的舌頭終究很靈活吧。

撫子要說了。說出對雙方有利的提議。

「要不要在撫子頭髮留長之前，暫時停止找神體？」

「……這個提議哪裡對本大爺有利！」

「咿！」

朽繩先生放聲大吼，撫子嚇得縮起身體。哎，他難免會有這種反應。

「願、願意接受撫子的提議，或許會得到滿足感喔。」

「妳以為妳是誰？」

神吐槽了。正如預料完全駁回。

撫子深深嘆了口氣。

「既然這樣……晚上戴帽子就好吧……然後戴上墨鏡、戴上口罩……」

「妳是搶匪？」朽繩先生無可奈何。「真拿妳沒辦法。髮型一點都不重要吧？」

「對、對女生來說，這是很嚴重的問題。」

「沒問題的，妳還是很可愛。」

「！」

撫子不曉得朽繩先生是以什麼心態講這句話。或許只是安慰，或許是稱不上安慰的幫腔。

不過，對於現在的撫子來說，這句話彷彿荊棘、彷彿利牙插入。

「不……」

「不？」

「不可愛啦！」

撫子大喊了。在上學路上大喊。

回過神來，不知不覺已經走到學校附近，周圍都是各年級學生或老師。撫子在這樣的地方大喊。

撫子連忙緊閉嘴巴，以空著的左手摀嘴，快步離開現場，迅速穿過校門，筆直前往校舍。

「喂喂喂，撫子，怎麼啦，居然用跑的。做出這種可疑行動，會更引人起疑吧？像那樣失誤的時候，更應該慎重行事才能彌補。」

「嗚、嗚嗚嗚……」

雖然不是接受朽繩先生的建議，但撫子總算在鞋櫃處停下腳步。

失去瀏海，居然令撫子這麼害怕。

不是可不可愛的問題……

內心過於無依無靠。

撫子不經意看向位於鞋櫃正對面的鏡子。上學途中不經意看到的鏡子，或是角度上容易映出身影的玻璃上，都有這個「東西」。

是一個陌生的女生。新角色。只像是動畫原創角色，說不定是遊戲版。

但這部作品沒有遊戲版。

「……這個女生果然不可愛。」

「哈哈，既然這樣，不就如妳所願嗎？妳不是討厭因為可愛而得到偏袒？」

「不是討厭……」

撫子無法好好反駁。

「無妨吧？頭髮這種東西，扔著不管遲早會變長吧？」

「不會……撫子肯定一輩子都會這樣了……」

「怎麼可能……為什麼？妳這種想法不是消極，只是頑固。別講這種話，好好保養妳的頭髮，讓它努力生長不就好了？」

「說、說得也是……既然這樣，撫子會努力變得情色！」

「這句話好誇張……」

「撫子要狂看A書！」

因為神原姊姊就是因為很「情色」，頭髮才長那麼快……

不過，撫子也滿心覺得不是這個問題。

到頭來，撫子想說的完全不是這件事……撫子究竟該以何種方式表達，才能讓朽繩先生明白這份心情？

何況已經進入校舍，撫子不能繼續和朽繩先生說話。

後續要等到晚上。

雖然撫子剛才那麼說，但還是得去找神體……畢竟要是等撫子頭髮長回來，朽繩先生可能已經用盡能量。

「如果……」

「啊？」

「如果妳真的這麼在意瀏海，本大爺可以幫妳修復喔，啊啊？」

「…………」

朽繩先生忽然這麼說——這才叫做「提議」。撫子啞口無言。

啊？

「這、這種事……做得到嗎？」

撫子壓低聲音回問。

為了避免他人起疑，撫子正在換鞋。不過，從鞋櫃取出室內鞋的時候，要說撫子的指尖沒發抖是騙人的。

「本大爺是神，到頭來，聆聽世人的願望正是神的本分。本大爺原本不想提出這個交換條件，但如果撫子找回本大爺的神體，本大爺可以讓妳如願留長瀏海。」

「…………」

「撫子，眼睛別這樣閃閃發亮，要是妳過度期待，本大爺也很為難。嚴格來說，只是協助『加快頭髮生長速度』，不是恢復原狀。」

並不是恢復原狀——朽繩先生語帶玄機般再說一次。

不過，語中玄機對撫子來說不重要。重點只在於撫子的頭髮長得回來。
「所、所以是……現在立刻？」
「妳好歹聽人說話吧？也得聽蛇說話。本大爺不是說要等到取回神體嗎？現在的本大爺沒有這種能力，這是當然的吧？」
「……什麼嘛。」
撫子有點失望。
換句話說，撫子想取回瀏海，果然得以現在這種認不出是誰的原創角色造型，不斷在深夜鎮上「徘徊」。
不對，即使如此，光是出現希望就是好事。可是……實際上呢？
或許只是一時安慰的謊言。
即使不是如此，即使悠哉地試著盲目相信，現在依然不曉得神體下落，也知道唯一依賴的朽繩先生探測能力會誤判，未來實在堪慮。
感覺任何狀況都沒改善。
或許出乎意料，撫子還沒找到朽繩先生的神體，瀏海就正常長回來了……
說真的，朽繩先生的「時限」是多久？
「不不不，撫子，並非如此喔。」
「嗯？」

並非如此?應該是「沒這回事」吧?

「什……什麼意思?」

「快的話,或許今晚就找得到本大爺的神體。該說轉禍為福還是福禍常相伴……總之,雖然本大爺朽繩這麼說不太對,但昨天的誤判堪稱朝好的方向進展。」

朽繩先生這麼說,而且咧嘴笑著。不對,其實他沒有咧嘴,這只是一種形容。

「對撫子來說,這或許是一場災難,但是對本大爺來說,或許堪稱是一種幸運。撫子的瀏海絕對不是白白犧牲。」

「…………」

請不要犧牲撫子的瀏海。這樣不算是安慰。

「不過,這是什麼意思……?」

「哈哈哈,對妳來說,這應該只是不幸中的大幸,至少不算是塞翁失馬。」

「…………」

撫子不曉得各諺語含義的細部差異,不過這都是相同的意思吧?

「簡單來說,多虧曆哥哥開導撫子,本大爺對神體的下落有頭緒了。不過當然還不確定就是了。」

「……是、是嗎?那麼……」

換句話說,尋找神體的任務最快將在今天結束。如果這是真的,昨晚的事件對於撫子來說，或許是「不幸中的大幸」。

不枉費前髮的犧牲……撫子完全沒這種想法，但多少感覺得到回報。

不過，記得昨晚也有類似的感覺，所以沒辦法放心高興……

「所、所以，朽繩先生，你說的頭緒是？」

「這件事等入夜再告訴妳吧。反正到晚上才能找，何況那個地點會讓撫子有點意外。害妳無法專心上課不太好。」

「…………」

如果確認神體的所在處，撫子不介意向學校請一天假……不過這是撫子自己提出的條件，所以也不方便收回。

撫子之所以想請假，部分原因也在於不想以這種髮型上課……但就是因為有這種想法，要是真的蹺課將會內疚。

「會讓撫子意外的地方……？也就是撫子早就知道的地方？」

「就是這麼回事。」

「……昨天，撫子和曆哥哥……以及忍小姐、月火的對話，包含某些提示嗎……朽繩先生因而心裡有底？」

大概是這麼回事吧。

但朽繩先生沒有明確肯定，相對的也沒有否定。

「總之，就是這麼回事吧，不能否定這種說法。」

他回應得很含糊，煽動撫子的不安情緒。

「那個，朽繩先生……如果你將撫子視為搭檔，請你別隱瞞，好好告訴撫子……因為實際上是撫子在找……」

「慢著，不用擔心，本大爺不是在賣關子，也不是有所企圖。撫子，本大爺只是選擇對本大爺來說最好的方法。」

「可是……」

「不提這個，妳應該有其他非得思考、解決的事情吧，啊啊？」

「…………」

他說的沒錯。

為什麼月火忽然剪掉撫子的頭髮？依照朽繩先生的說法，是因為撫子碰到月火的「逆鱗」，可是……

月火會為他人動怒。

這或許是繼承曆哥哥「會為他人行動」的志向……但她的「憤怒」為什麼會招致這種結果，這方面不得而知。

感覺只能問她本人……

卻也感覺問本人就沒意義……

何況，想到曆哥哥後來不曉得對月火施以何種刑罰，撫子就不敢貿然接近阿良良木家。也想避免打電話過去。

「……說得也是，得思考才行……按照常理思考，她剪撫子的頭髮，或許是要強迫解釋為『失戀』，但撫子認為應該沒這麼簡單。」

「不，這應該是正確答案吧？撫子，妳明明懂嘛，該說賓果嗎……但如果妳不希望急著下定論，妳就非得長期思考才行。不只是剪頭髮的理由，也要思考自己為何以名字自稱的理由。」

朽繩先生說得一副無奈的樣子。

撫子對這番話感到困惑。

一直？

長期……意思是要撫子一直思考？

「怎麼這樣……居然要撫子一直思考……這麼『費力』的事……」

撫子不由得這麼說，但是說到一半，朽繩先生就說「啊，本大爺要閉嘴了」而中斷對話。

撫子來不及心想怎麼回事。因為同一時間，一隻手放在撫子肩上。

「千石。」

由於隔著衣服，所以撫子沒有太抗拒，但會正常地嚇一跳。

撫子受驚轉身一看，位於後方的是班導笹藪老師。

剛才聊得太專心，所以不小心忘了，但這裡已經是學校校舍。

撫子重新冒出緊張情緒。

朽繩先生先察覺狀況而不再說話，因此笹藪老師肯定沒聽到剛才的交談。

撫子如此心想，觀察笹藪老師的反應。

「唔、唔唔？」

笹藪老師臉上完全是疑惑的表情。

還以為笹藪老師察覺哪裡不對勁，但不是這樣。老師驚訝的不是朽繩先生做了什麼事，而是撫子的髮型。

從後面應該看不出來，但撫子和昨天之前不一樣，沒有瀏海。笹藪老師應該也嚇一跳吧。

「原、原來我認錯人了……抱歉。」

「啊，不，我是千石。」

撫子留住慌張想離開的笹藪老師。冷靜想想根本沒必要挽留，撫子卻不禁反射性地這麼做。

「我是千石撫子。」

「……千石，這就是妳的真面目嗎……？」

笹藪老師說得毫不客氣。

撫子自己也這麼想就是了。

不過，要是老師以為這是原本的撫子，撫子也很為難……撫子不打算把只有瀏海很短的怪髮型當成真面目……

笹藪老師像是刻意地輕咳一聲。

「……是霸凌？」

老師這麼說。

……看起來是這樣嗎？

從第三者的角度，這種獨創的髮型，是同世代他人不當迫害造成的結果嗎？不，極端來說，或許可以這麼解釋。

即使就讀學校不同，但月火確實是和撫子同世代的女生。

「…………」

撫子默默搖頭。

要是親口說出「不是霸凌」加以否定，感覺會造成「越描越黑」的反效果。

「這樣啊。」

笹藪老師接受了。看來撫子的做法是對的。

不過，笹藪老師看似鬆了口氣，卻也好像有點失望。撫子可以理解。

要是發生「霸凌」這種露骨又嚴重的問題，老師就可以著手處理。至少代表現在這一班的內部產生動靜。

老師也是專家，遇到問題可以處理。

可是，即使能夠強迫「不准打架」，也無法強迫「一定要和樂相處」。

正因如此，事到如今就算是惡化，或許也是好事。撫子在理性上可以理解老師這種心態。

……不過，老師要是因此說出「如果千石被霸凌該有多好」這種話，撫子也只會為難。

請放過撫子吧。

「話說千石，上次拜託妳的事情怎麼樣了？從那之後有什麼進展嗎？」

笹藪老師換個話題這麼說。

總之，笹藪老師或許認為話題換了，但是聽到這件事的撫子，並不覺得話題有何改變。這方面暫且不計較。

看來，這就是老師找撫子的用意，他果然沒聽到撫子和朽繩先生的對話。撫子對此鬆了口氣。

即使精神層面很累，超越疲憊達到瀕死狀態，還是得稍微繃緊神經才行。撫子內心如此反省，也對笹藪老師感到無可奈何。

對大人，而且是對班導抱持這種心態，實在不是一件好事，但撫子實在無法壓抑這份想法。

因為，還沒有很久啊？

第二學期開始就一直拖延至今，沒有任何解決的曙光，幾乎定型的問題——這種毫無問題的狀況，當然不可能很快就解決。

如果抱持惡意來解釋，甚至可以臆測這是笹藪老師的例行公事。也就是「無論時間或場合，看到千石撫子就確認這件事」這樣。

這麼一來，他就算是盡到班導的職責。該說是藉口還是偽證……

這是不當的解釋。

但撫子個性不算好，難免會這麼想。

進一步來說，先不提笹藪老師怎麼想，如果撫子是班導，撫子肯定會這麼做吧。

「……………」

總之，撫子像這樣思索很多事，即使如此，也不會當著老師的面說出來。

撫子不可能說出口，而是一如往常，低頭看著下方沉默不語。撫子就這樣等待笹藪老師無奈離開吧。

無論笹藪老師基於什麼意圖，撫子在「這一兩天」也同樣什麼都沒做，所以不可能有所進展。

就這麼進入待命模式。

「…………？」

不過，今天沒以「一如往常」的形式運作。笹藪老師莫名耐心地等待撫子回應。

為什麼會這樣？難道這一兩天的狀況有所改變？

撫子覺得詫異，但立刻想到原因。

這一兩天，什麼事情改變了？

不用說，當然是撫子的髮型。

即使低著頭或看著下方，笹藪老師也清楚看見撫子的臉。既然看得見表情，就可以看出撫子「並非口頭所說那麼為難」。

真是何等的「弊害」。

這是預料之外的事態。

撫子失去瀏海，陰沉度降低了……

這是沒辦法的。

就算這樣，如今也不能以雙手掩面……就講個像樣的藉口敷衍吧。

該怎麼說？

不好意思，正在積極檢討當中，已經整理出課題，編寫企劃書，和各方面接洽，

並且連夜進行腦力激盪……像是這樣？

不對，不是這樣。

正常講個藉口就好。

首先，要一如往常。

無論有沒有瀏海，先按照慣例一如往常從「對不起」開始，再隨機應變……

「……吵死了！」

咦？

誰說了什麼話？

「怎麼可能有進展？別把你自己的工作扔給本大爺……啊啊？」

018

這不是撫子的聲音，是不知何時瀟灑出現在撫子身後的男學生聲音……撫子還以為是這樣的演變，但是錯了。這果然貨真價實是撫子的聲音。

是從撫子肺臟擠出空氣，通過撫子的聲帶，從撫子口腔發出的聲音。

不過，其中沒有撫子的意志。

「打照面就追問那件事怎麼樣那件事怎麼樣……哪能怎麼樣！根本沒辦法怎麼樣

吧！大清早心情就被你搞得這麼憂鬱，看到學生不會先說聲『早安』嗎？班導！」

「…………」

笹藪老師啞口無言。

周圍的其他人——看熱鬧的人們，也露出相同表情看著撫子。

不，可以的話，撫子也想和大家露出相同表情，很想一起在遠處觀察這位千石同學，但是映在笹藪老師身後鏡子的撫子，臉上燃燒著凶惡的怒火。

咬緊牙關、揚起眉角、睜大雙眼，狠狠瞪著周圍的一切。

不是髮型的問題。

這是第一次看見的女生。

但她確實是千石撫子。

確實是「我」。

「本大爺只是不講話點頭回應，你就逕自講得那麼高興……你憑什麼擅自失望？這根本是強人所難，你自己最清楚這一點吧！你的工作是把難題扔給孩子嗎？大人沒辦法解決的事情，小朋友有辦法解決嗎？啊啊？」

「千……千石？妳、妳怎麼了？」

笹藪老師感到困惑，撫子「咚！」一聲狠狠跺腳，如同要蹬碎走廊。

不只是嘴、不只是表情，撫子的全身違反撫子的意志擅自行動。

違反撫子的意志？

真的是這樣嗎？

「沒怎麼樣！你像這樣一直強人所難，誰都會生氣吧！這是理所當然，這樣才正常吧，啊啊？」

撫子放聲大喊。以粗魯的語氣拉高音量怒吼。

與其說是對笹藪老師大喊，應該說是對自己周圍的一切大喊。

蘊含滿滿的怨恨與憎惡，筆直注視著對方，放聲大喊。

「開什麼玩笑，公務員！不准把工作扔給別人還得到成就感，好好照顧小鬼吧！憑什麼採取放任主義！重視學生的自主性？人類哪有什麼自主性！好好關懷並且照顧他們啊！」

「千、千石……」

撫子在說什麼？亂七八糟。

不，老實說，撫子想站在笹藪老師旁邊一起茫然。

想和老師做出完全相同的反應。

這樣下去，撫子就不是撫子，而是怒子。

不對，這個人果然是撫子。不是其他人。

明顯是撫子。怎麼看都是撫子。

這就是「我」。

這是撫子的「自我風格」。

「千、千石，妳怎麼了……」

笹藪老師即使困惑，依然對撫子搭話，像是要安撫般，朝撫子的肩膀伸手……

「不准亂碰！」

撫子甩掉他的手。

這當然不是基於撫子的意志，但甩掉老師雙手的是撫子的身體。

是撫子伸手甩掉的。

「你把別人當成什麼了……玩偶之類的嗎？哈……反正本大爺只有可愛可取，別人怎麼說就怎麼做！不過就算這樣，也不是沒有任何感覺啊！別以為溫順的傢伙真的很溫順！不講話的傢伙，其實心裡也會想各種事！沉默不代表沒意見！連這種事都不知道的傢伙，憑什麼當別人的老師！」

「千、千石……」

完全是惡言相向。

雖然不是絕對，但這實在不是對班導講話的口氣。應該說，先不提對方是班導還是老師，這不是對大人講話的口氣。

「唔、喂，千石同學，怎麼了？」

不遠處傳來這個聲音……是別班的男生，記得去年同班。

撫子忘了他的名字，但記得他很親切。他似乎是湊巧經過，撞見這場騷動，而且他好像也藏不住混亂的情緒。

「冷、冷靜下來啦。總之冷靜下來。妳肯定累了。」

轉頭一看，圍觀的人數真是不得了。感覺像是面對十萬名觀眾。

但實際上大約二十人。

承受這麼多的視線，而且都是訝異的視線，撫子內心差點撐不住。

大家的眼神，應該可以形容為看著「可憐孩子」的眼神。

但是在這種狀況，或許更慘。

是的。這是看著「怪孩子」的眼神。

不過，撫子無法逃離這些訝異的視線。現在沒有瀏海保護撫子，最重要的是，撫子自己面對著正前方。

沒低頭、沒看著下方，而是筆直注視他們。

「冷靜下來？就是因為冷靜下來，才導致這種結果吧？累了？看了不就知道嗎！當然累了！只是講出這種擺在眼前的事實，憑什麼自以為是在關心別人！」

連抱持率直心情，只是抱持率直心情關心撫子的這名男同學，撫子都說得這麼不客氣。不分青紅皂白就是這麼回事。

慢著，但這絕對不是亂發脾氣。

一切——現在校內的這一切，都是千石撫子生氣的對象。

這是在生氣。

撫子在生氣。

「個個都一樣，真是的，你們個個都一樣……啊啊？盡是見風轉舵的傢伙！你們是風向雞嗎？一下子往左、一下子往右，動不動就轉來轉去，轉什麼轉啊！」

「千、千石……老師把這個工作交給妳，並不是這個意思……」

笹藪老師以碰觸燙手山芋……不對，以碰觸易碎物品般的語氣，試著安撫撫子。語氣堪稱結結巴巴。

這可以說是溫順、陰沉的學生「發飆」時的制式對應程序。

不過回想起來，撫子似乎平常就遭受這樣的待遇。

如同碰觸易碎物品、如同清掃碎玻璃。

保持距離，達到某種程度就不再靠近的話語。

無論說什麼，都位於遠處。

傳不到撫子的心，無法打動撫子的心。

「老師只是相信妳的責任感……」

「本大爺哪有什麼責任感！你看人的眼光究竟多爛啊！好歹看透千石撫子這個傢伙

多麼沒用吧！不准被外表騙了，振作一點。沒錯，本大爺只是可愛罷了！不准相信這種傢伙！」

撫子如此怒罵。親口完全否定自己。

「千、千石……」

「啊啊，這樣也好，本大爺明白了。反正再怎麼說，你應該也不會懂，你們應該也不會懂吧！肯定是這樣，即使怒罵到這種程度，真心話講到這種程度，你們應該只認為本大爺『只是暫時稍微失常』吧……胡扯！本大爺早就失常了！啊啊！」

撫子盡力怒罵之後，踏出腳步。

踏步走向笹藪老師……不，錯了。

笹藪老師以為撫子要對他動手而作勢提防，但撫子推開笹藪老師，走進校舍。

「千、千石……妳要去哪裡？」

「啊啊？」

笹藪老師困惑的如此詢問，撫子頭也不回地回應。

「那還用說，就是情非得已去做班長該做的事啊？這不是你的吩咐嗎？開心一下吧，呆子！」

請、請等一下。

撫子想做什麼？

比起笹藪老師或是任何人，現在最感到困惑的就是撫子自己，但撫子經過鏡子時映在上面的模樣，看起來只是不耐煩的樣子，毫無迷惘，就這麼大步走向自己教室。

走向二年二班的教室。

走向陷入無政府狀態，毫無問題的教室。

撫子用盡己身意志，試著阻止自己的身體與雙腳，卻遲遲沒停下腳步，真的有種變成傀儡的感覺。

傀儡。

既然這樣，現在操縱撫子的是誰？被操縱的究竟是身體還是內心？

撫子上樓來到教室前面之後做的第一件事，是從門上小窗偷看教室內部。明明言行粗魯，這個行為卻莫名慎重。

教室裡，班上同學幾乎都到了。

是在確認這件事嗎？

不過，撫子接下來採取的行動，真的嚇到撫子了……講成這樣很複雜，但還是請各位努力理解。非常抱歉，以撫子現在的心理與生理狀態，無法好好說明現狀。

接著，撫子踹門了。

踹破門了。踹破門了？

「！」

說到撫子的踢法，是火憐姊姊經常施展，大幅張開股關節，大膽又無懼一切的迴旋飛踢。以全身重量踢出的這一腳，將橫拉的門踹進室內。

沒想到撫子運動細胞接近零的這具身體，蘊含這麼強大的能量。踹飛的門板就這麼撞上講桌，發出好大的聲音。

班上學生一起行注目禮。首先注目的是講桌與踹破的門，接著是威風八面入內的千石撫子。

撫子心情上是臉色蒼白，但臉上表情燃燒著怒火，這份矛盾令撫子困惑。

但在另一方面，撫子也明白一件事。

明白進入教室之前——正確來說是踹破門之前，撫子偷窺教室的原因。

那是在事先確認門附近沒學生。換句話說，就是擔心踹破門的時候，門的碎片是否會打到別人。

這個事實令撫子大為安心。

看似火上心頭，卻以這種深思熟慮的冷靜態度做為行動基礎，既然這樣，應該出乎意料不會做出太亂來的舉動。

太好了。

撫子剛才對班導與昔日同窗口出惡言，但似乎還對班上同學留有關懷之意。

剛才登場的蓄意演出，要說過火確實很過火，但應該不會對大家說得太過分。

撫子大步走到講桌，並且面向班上眾人。

「喂，烏合之眾！」

期待落空了。

這不只是惡言的程度，甚至不想歸類為言語。居然用這種稱呼。

班上所有人瞪大雙眼。

他們的視線，首先是在詢問「這個傢伙是誰？」……但終究很快就認出撫子。畢竟說穿了，撫子只是少了瀏海，仔細看就認得出來。

何況撫子的聲音和往常一樣。即使語氣再怎麼凶狠也一樣。

「烏合之眾，回話啊！」

別這樣……

別這樣……放過撫子吧……

要是可以自由操縱雙手，撫子在這種狀況應該不會遮臉，而是先抱頭吧。但是實際上，撫子的雙手用力朝講桌「砰！」地拍下去。力道強得還以為會拍壞講桌。

雖然終究沒壞，但總覺得使用期限少了好幾年。

大家當然沒回話，而是目瞪口呆。

「你們聽好了，給我『面對現實』！」

撫子無視於大家的反應，放聲怒吼。

應該沒有其他語氣，更適合以「怒吼」形容了。這真的是「憤怒」在「吼叫」。而且是無法控制的程度。

「老是對往事耿耿於懷，糟蹋寶貴的青春時代……你們知道自己在做多麼無謂的事情嗎？無法相信旁人只是理所當然吧，何必動不動就為這種事情受傷？你們也太脆弱了吧，啊啊？」

撫子反覆用力拍打講桌，滔滔不絕。

當成可恨的仇敵、當成在場所有人的象徵，用力拍打講桌——抨擊教室。

「你們只能和可愛、漂亮、美麗的傢伙交朋友嗎？只能喜歡上喜歡自己的人嗎？如果只能和聖人相處，你們只能孤單一輩子了啊？認定是朋友的人背叛之後，就沒辦法繼續做朋友？只要被騙就終止友誼？對方做了無法原諒的事就要一刀兩斷？人類理所當然會思考各種事，難道你們是什麼都沒想，徹徹底底的笨蛋？要是沒找個適當的折衷點，這種狀況永遠都會持續啊？你們這些國二學生，真的覺得這樣無妨？或許你們覺得忍到四月就可以換班，不過很抱歉，這段回憶會一直留著啊？即使升上高中、升上大學、年滿二十歲出社會工作，也會一直回想起這段往事啊！沒人能相信的這個二年二班，你們永遠不會忘記！既然這樣，當然非得塗改、非得改寫吧？改成『雖然有段時間因為詭異的咒術而無法相信彼此，但後來確實和好了』的回憶啊！」

大家就這麼啞口無言，逐漸後退。

撫子非比尋常的樣子，當然令他們說不出話，無法自主做出反應，即使如此，身體還是擅自拉開距離。

這是當然的。撫子也想這麼做。

班上幾乎不講話所以不太熟的女生，今天一到教室就忽然講得莫名其妙……

莫名其妙？忽然？

……是這樣嗎？

好像不太對。

因為現在說的這番話，撫子一直——從成為班長之後就一直放在心上。

不用笹藪老師吩咐，也一直在想這件事。

……只是什麼都沒做罷了。

即使老師吩咐，也什麼都沒做。

只是至今什麼都沒做罷了。

因為……

因為，這是非常麻煩，而且很「費力」的事。

「本大爺很想叫你們全去死算了，但是用不著本大爺刻意說出口，你們現在個個都像是死掉一樣，你們明白嗎？啊啊？真是的，難以置信……居然因為本大爺個性溫順，就把班長這種工作硬塞過來，這種自討苦吃的做法最令本大爺火大！這種時候更應該有人率先帶頭吧！本大爺不可能做得了任何事吧！」

坦承得亂七八糟。甚至堪稱直言不諱。

不過，正是如此。

由撫子這種人、什麼都不做的人、只想永遠當個「受害者」的人擔任班長，只會令事態惡化。

「對，你們確實爛透了！是巧妙運用真心話與表面話的偽君子！嫉妒交情好的朋友；很快就討厭原本喜歡的人；中傷討厭的傢伙，卻會笑嘻嘻討好對方；掛著虛假的笑容撐場面，等對方一相信就背叛。你們是這個世界的人渣！是地球最下等的生物！可是……可是『真實』肯定存在於某處吧！謊言或許也是真實吧！」

撫子如此怒吼。

不對，或許只有這段話不是怒吼。

不是怒吼、不是憤怒。

或許是吼叫。

是來自內心的吼叫——祈禱。

「已經無妨了吧？差不多該原諒了吧！雖然受過不少傷，但這終究是內心的問題吧！又不是有人死掉，既然這樣，你們只要在這時候原諒，就可以恢復成相當帥氣的傢伙啊？」

撫子講到這裡，像是再也按捺不住，連講桌都踢飛。

這個行為，大概也是看見大家都退到教室後面才做的。

「謊言！背叛！欺瞞！偽善！你們就具備能夠原諒這一切的度量吧……啊啊？你們什麼時候偉大到可以挑對象了？不准憑自己好惡和他人打交道！」

最後，撫子說出這句話。喊出這句話。

「本大爺最討厭你們了！但我們是同班同學啊，混帳！」

019

撫子早退了。當然早退了。

或許現在早退有點晚，總之撫子無地自容，衝出學校。

腳上依然是室內鞋，但撫子不在意。

也已經沒力氣遮臉了。

撫子心不在焉地行走。比上學時更加心不在焉。

不對，現在回想起來，上學的那段路程很開心。

沒有比那更幸福的時間。

是的，如同通往天堂的階梯。

那時候的撫子，究竟在煩惱什麼？

「喂喂，撫子。」

右手腕傳來聲音。

是朽繩先生。懷念的朽繩先生。

原來他還在。

「還好嗎？妳腳步很不穩耶，妳現在走的地方難道不是人行道，是車道？」

「……咦？你在叫撫子？」

撫子心不在焉地回應。

雖然頭暈目眩，但當然還是可以應話。

因為撫子是個振作的孩子。

「找人生已經終結的撫子有何貴幹？」

「不不不……沒終結吧……慢著，妳眼神好恐怖，太空虛了吧？該說空洞嗎？本大爺還以為妳的眼睛只有眼窩，如果是蛇就會鑽進去了。」

「嗚嗚……」

撫子垂下肩膀。

不對，不只是肩膀，感覺全身都垂下了。進一步來說，撫子感覺整個人垂落到再也無法垂落的地方。

撫子至今建立的自我形象垮臺了……一切都崩塌損毀。

「明明不是妳自願建立的形象……本大爺不懂撫子為什麼沮喪。」

「呵呵呵呵……」

「好可怕！妳在笑什麼？」

「…………」

難免想笑。

撫子其實想哭，但真正難受的時候，眼淚掉不出來。

「撫、撫子已經……嫁不出去了。」

「為什麼變成這樣？」

「更正……已經去不了學校了。」

即使如此，撫子還是遵從朽繩先生的建議，將不知何時歪到車道的行走軌道，修正回到人行道。

要是現在被車撞，可能被當成自殺。

不過，居然在這種狀況還想活下去，撫子驚訝於自己如此「貪慾」。

「拒、拒絕到校了……撫子從明天開始是繭居族……」

「無妨吧，妳剛才的喝斥令本大爺大呼痛快！包括那個討人厭的老師以及班上同學，所有人不是都啞口無言嗎？」

「那……那是因為……大家無言以對……無奈至極……」

撫子聽他這麼說，回想起當時的事情、大家的表情，一股超越暈眩的頭痛隨即襲擊撫子。

「是因為大家看到撫子想說點好話卻失敗，才會不敢領教到那種程度……」

「想說點好話卻失敗……」

「天底下沒有比那樣更失敗的事情了……最後甚至超過『可憐孩子』的境界，變成不值得同情，令人心痛到不忍正視的『痛孩子』了……」

而且是劇痛。超痛。

撫子即將改名為痛子。

「放心，不會變成那樣。」

「會啦……證據就是沒人來追撫子……」

「妳希望有人來追妳？」

「不希望……」

「究竟是怎樣？」

撫子腳步不穩。內心也是。一切都是。甚至不知道自己要走去哪裡。

說真的，撫子正要走去哪裡？

身體已經依照撫子的意志行動……但現在是撫子的意志滿目瘡痍。

「話說撫子，本大爺要確認一件無須多說的事。」

看起來一副無言以對，真的對撫子無可奈何的朽繩先生，對撫子這麼說。

「剛才可不是本大爺操縱撫子的身體恣意亂講話啊，妳這方面可別誤會。」

「…………」

「單純是撫子妳和本大爺同化受到的影響，明顯浮現於外在。只是妳解除了平常對自己施加的枷鎖。甚至不算是異常的那種行徑，是妳平常就思考的事情自然洋溢於言表……」

平常。自然。

「……撫子知道啦，你好吵。」

撫子這麼說。

居然說「你好吵」。

明明只要說「知道」就好。

不過，撫子實在忍不住想發洩情緒。

「那是撫子……不是其他人，是千石撫子，是撫子自己……只是撫子說出一直想說的事情罷了。撫子明白這一點。並不是朽繩先生的錯……」

「嗯，一點都沒錯。既然知道的話……」

「不過，撫子認為是朽繩先生害的。」

「………………」

朽繩先生纏附在右手腕和撫了同化、吸取能量，不可能沒影響撫子的身心。換句話說，這些影響以那種形式呈現。

不過，月火剪掉瀏海，導致撫子的意識「分散」，當然也不是毫無關係……

只是說出想說的話。

這麼做的不是朽繩先生，是撫子自己。

只是將藏在肚子裡，原本應該沒告訴任何人就晉級、畢業的各種想法，隨著一時的衝動「宣洩」出來。

恐怖的是，那個「奇怪」、「令人痛心」，而且果然「可憐」的孩子不是別人，正是千石撫子。

那種粗暴、毫無章法的行為舉止，都來自千石撫子。

不過……

「總之……撫子的人生與校園生活，已經迎向『終焉』……」

撫子試著嘆口氣轉換心情。

雖然沒能轉換心情，但因為瀏海沒了，即使不願意也會看見前方。

至少要讓嘴裡說的話變得積極向前。

「所以，朽繩先生，乾脆讓一切都結束吧。」

「啊？」

「關於神體的下落，朽繩先生已經有頭緒了吧？既然這樣就別等到晚上，現在就去找吧。朽繩先生也希望越早越好吧？」

「嗯，是沒錯……畢竟本大爺也不是非得睡覺才行。」

「嗯，那就快吧，加快腳步吧。早點找到朽繩先生的神體，讓朽繩先生恢復原本的力量，然後……」

撫子說出來了。沒什麼特別的感慨就說出來。

「就道別吧。」

「…………」

「這樣就能結束一切……可以吧？」

之後的事情……撫子已經不願意想了。

完全無法想像。

撫子只是想在各種事情結束的現在，依序結束各種還沒結束的事情。

「……嗯，好吧。」

朽繩先生出言附和。

久違地嚴肅附和。

「這樣正如所願，本大爺沒異議，也不留戀。本大爺只要取回身體就別無所求，並不會對撫子的人生感興趣，撫子今後將會如何，也和本大爺無關。」

「……也對。」

撫子不想責備。好荒唐。

何況，這是彼此彼此。撫子也對朽繩先生的今後沒興趣。

撫子尋找朽繩先生，並不是為了朽繩先生，始終是為了自己。

只是為自己贖罪、補償。只是想讓自己舒坦。如此而已。

「那麼……朽繩先生，告訴撫子吧。撫子應該往哪裡走、去哪裡找？」

撫子為了結束一切而如此詢問，朽繩先生也立刻回答撫子。

換句話說，朽繩先生也下定決心了。下定決心結束一切。

「曆哥哥家。」

朽繩先生「下定決心」的含義，撫子是過一陣子之後才得知的。

朽繩先生隨口說出的答案，並不意外。

「一切的終結，就在那裡。」

020

曆哥哥家是雙薪家庭。

撫子以前問過伯父伯母的職業，但曆哥哥與月火都只是含糊回答：「總之就是公務員，公務員。」

這就是所謂的異口同聲。

總覺得好可疑。似乎有隱情。

該不會是不能見光的工作吧？撫子暗自質疑。

但無論是有隱情或是不能見光，至少可以確定不是在家工作，白天會出門上班。

至於曆哥哥、月火與火憐姊姊不用說，白天都要上學。

不過，這三兄妹出乎意料可能蹺課，完全無法保證他們今天確實出門上學，但如果真的蹺課，肯定也會在外面日行一善之類的，所以果然不在家。

換句話說，阿良良木家白天沒人在。

完全沒人。

所以如果要潛入，白天比夜晚更適合。

「哈哈……這麼說來，白天的闖空門案件比夜晚多。啊啊，進一步來說，要是大門沒上鎖或是開著窗戶出門，小偷也出乎意料不敢犯案。與其說是相信社會的善良，應該說這種做法反而令小偷以為裡面有人。」

「…………」

撫子已經不想附和朽繩先生說的話。畢竟他說出這種從撫子心中調出來的知識，撫子也無從回應。

不過接下來並非知識，是朽繩先生的意見。

「或許妳也是這樣吧。假裝毫無防備、假裝無害，藉以得到周圍的保護活下去。不過以妳的狀況，是真的有人在裡面。」

「……朽繩先生，別聊這種沒意義的事吧。」

「啊啊？」

「這種對話不會產生任何助益。再來只需要搜索曆哥哥家，找出朽繩先生的屍體就好吧……？這種事就算不講話也做得到吧？」

不小心把神體說成屍體了。

撫子察覺這一點，卻沒有更正的意願，抬頭看向眼前無人的阿良良木家。

好啦，該從哪裡入侵？

「到頭來……朽繩先生，真的沒錯嗎？」

「啊？什麼事沒錯？」

「朽繩先生的屍……神體，真的在曆哥哥家？不是再度誤判？」

撫子講得像是在質疑，但想到昨天因為朽繩先生誤判而發生的一連串事情，即使不是撫子也會這麼說。

甚至不算是以防萬一的質疑。

「不，就說了，那次誤判也不是徒勞無功，反倒堪稱一切都在冥冥之中註定。因為多虧那次誤判，曆哥哥才會找到妳，帶妳進入這個家，本大爺也因而察覺神體的下落。」

「可是……在曆哥哥的房間裡，不是連誤判都沒發生嗎？」

「本大爺當時是拚命克制，畢竟不能在別人面前發揮那種震動功能。所以本大爺在那個房間一直很安靜吧？」

「………………」

應該不只是因為有他人在場吧？記得曆哥哥被忍小姐帶走（押走），房內只剩撫子一個人的時候，朽繩先生也是一句話都沒說。

所以當時正在消耗能量吧。

「原來如此……所以朽繩先生那個時候，才沒有幫撫子躲開月火的剪刀……」

「不，一般來說，那時候根本幫不了妳。」

「可是……還是很奇怪。為什麼朽繩先生的神體在曆哥哥家？」好奇怪。

撫子不認為曆哥哥有這種「收藏古董」的嗜好……

「也就是說，曆哥哥或曆哥哥的家人，從那座神社拿走朽繩先生的神體……？」

「不，應該不是那樣。從時間順序來說不可能。應該是本大爺的神體被某人拿走之後，有個傢伙比本大爺先找到……然後託付給曆哥哥。」

確實，曆哥哥原本不曉得那裡有座神社的樣子。撫子也是直到被「下咒」，開始調查解咒的方法，才知道那裡有座神社。

「可是，你說託付……是誰託付的？」

「天曉得。反正應該是穿夏威夷衫的專家吧？」

「…………」

朽繩先生的語氣不負責任又愛理不理，相對的，他似乎確定這就是真相。

不過，穿夏威夷衫的專家……

這種人，全日本只有一人吧？

「總之，無論如何，無法保證絕對正確，或許出乎意料是誤判。撫子，快進去調查吧。」

「別講得這麼輕鬆啦……」

撫子心情消沉。

沒想到是在屋內……剛才提到「闖空門」與「小偷」等詞，撫子接下來要做的正是這種行徑。

仔細想想，正當的做法應該是拜託曆哥哥或月火答應撫子進屋找……但曆哥哥總是和忍小姐在一起，至於月火，即使除去昨天發生的那件事，她還是很恐怖……基於這些原因，撫子不方便拜託他們兩人。何況理由也難以說明。

所以，撫子只能做出類似小偷的行徑。

不對，實際上真的會從家裡拿走東西，所以完全是小偷行徑。

「……好，撫子要努力！」

一直在別人家門口閒晃也很奇怪（撫子身上依然是制服，或許一下子就會被帶回警局管束），所以撫子下定決心打開阿良良木家的外門進入。

光明正大，如同自己住在這個家。

……至今只專注於低調過生活的撫子，現在居然是這種態度……這也是多虧月火剪掉瀏海嗎？

搞不懂，撫子已經搞不懂自己了。

「…………」

但是，玄關大門果然上鎖，撫子士氣頓時受挫。

而且是兩道鎖。

昨天很暗所以沒發現，但這扇門好像是新的……是最近換新嗎？

「朽繩先生，怎麼辦……」

「哼……無論是換新還是更新，這種東西在本大爺面前都沒意義，想將神關在門外只是白費工夫。」

「這樣啊……」

怎麼回事？難道要和撫子在學校使出迴旋飛踢那樣，以怪異的蠻力破門？可以的話，撫子不希望做出這種會留下「禍根」的事……

這麼說來，比方說吸血鬼或是幽靈，如果要進入密閉空間，記得必須得到裡面的人准許吧？朽繩先生不用這樣嗎？

啊。

不過，說到密閉空間……

『喀喳！喀喳！』

就在撫子心不在焉時，玄關內側發出聲音。

無須刻意確認就知道，是開鎖的聲音。

撫子戰戰兢兢輕拉玄關大門一看，裡頭鑽出白蛇，共兩條。撫子連忙移開雙腳閃避，但蛇在這時候已經消失。

是的。

如同從撫子鞋櫃、抽屜出現的幻覺。

「密閉空間這種東西，對本大爺不管用。本大爺可以癱瘓所有結界。」

「…………」

在闖空門的時候，這種能力真可靠。

看來那些蛇並非普通的幻覺。這麼說來，撫子不只是看得見，也碰得到。

撫子迅速進入脫鞋處，轉身關門，再度上鎖。

動作「俐落」得不像是平常的撫子。

不過仔細想想，撫子這時候不應該上鎖，甚至不應該打開玄關大門，而是得盡快離開這個家才對。不對，這種道德上的問題暫且不提。

結界不適用的怪異。躲在密閉空間的怪異。

要是撫子能稍微想像個中含義就好了。

不過，朽繩先生在撫子的右手腕劇烈轉動，這股震動……不對，這股震動使撫子沒有餘力思考這種事。反應非常強烈。

如、如果這是探測，昨晚的沙地根本不能比。

「唔……果然是這裡沒錯。」

朽繩先生說著停止震動。撫子一眼就看得出來，這麼做不輕鬆。真要比喻的話，就是以自己的意志壓抑寒冷造成的顫抖。撫子不經意覺得，他看起來甚至很難受。

「快……快找吧，朽繩先生。」

朽繩先生在撫子面前這麼難受，撫子終究無法不在意。

撫子脫掉鞋子（室內鞋），將鞋子放進前來時準備的塑膠袋，踩上走廊。

「在、在哪裡？果然是……曆哥哥的房間最可疑？」

「這個嘛……本大爺現在就像是進入磁極的指南針，無法說得很確定，但曆哥哥的房間確實比較可疑。」

朽繩先生這麼說。

感覺他的語氣沒有平常的犀利感。

「畢竟曆哥哥算是半個專家，何況那個傢伙還收服了傳說中的吸血鬼。」

「…………」

收服嗎？

就撫子看來，他們的關係完全不是那樣。而且曆哥哥當然也不是被忍小姐收服。

總覺得，那種關係是……

那種關係是……

撫子走上階梯。

「……快找吧。」

昨天剛來過，所以撫子的腳步沒有迷惘。即使如此，撫子還是躡手躡腳，小心翼翼抵達二樓。

撫子姑且思考要是家裡有人該如何解釋——「對不起，昨天打擾的時候把東西忘在這裡，所以我過來拿。剛才玄關大門沒上鎖。」——朝曆哥哥房間門把伸出手。

好強烈的悖德感。

不過，人生已經結束的悲觀心態，使得撫子變得自暴自棄。「即使事情變得無法收拾，我也不想管」的心態非常強烈。

而且實際上，事情確實變得「無法收拾」，而且撫子後來也變得「不想管」，但撫子不可能預料到這種演變，在最後進入曆哥哥的房間。

被曆哥哥狠狠修理的月火，或許正在隔壁房間休養。撫子直到進入房間，才後知後覺想到這個可能性，不過以當時的狀況，月火住院的可能性比較高，既然走到這一步都沒遭到質疑，肯定不會有事。

……撫子祈禱月火不是住院，而是去上學……雖然她對撫子做了過分的事，但我們依然是朋友。

「……依然是朋友嗎？說得也是……撫子當時能這麼想就太好了。」

「啊啊？」

「就是當時那件事……對撫子『下咒』的那個女生……撫子在那個時候，就不把她當成朋友了……可是，肯定有別的路可以選……」

對班上眾人說的那番粗魯言論，也是撫子想對自己說的話語吧。肯定如此。

「……可是，撫子做不到。因為撫子不是聖人。如同她不是聖人，撫子也不是聖人。被做了討厭的事情，當然會討厭；受到溫柔的對待，就會喜歡對方。」

「怎麼講起真心話了？撫子，妳怎麼了？」

「沒事……」

總之，撫子關上曆哥哥房間的門，然後先看床底。但應該不會藏在這裡就是了。

如果夏威夷衫專家──也就是忍野先生將「那個東西」託付給曆哥哥，撫子認為曆哥哥不會放在顯眼的地方展示，果然會藏在某處。

「不過，回想起來果然是這樣吧……撫子喜歡的人，是溫柔對待撫子的人；撫子討厭的人，是壞心眼欺負撫子的人……」

「…………」

「要撫子喜歡那些不把撫子當一回事的人，甚至是喜歡那些討厭撫子的人……根本不可能。撫子覺得，和他人來往的時候，要非常重視對方的想法。」

「……不過，如果對方很重視妳的想法，應該會盡量避免和撫子妳這種想法的傢伙來往吧。」

「…………」

「這麼說來，撫子，妳完全不記得對妳表白的男生叫什麼名字、長什麼樣子吧？至今不知道就算了，但是對方都說喜歡妳了，妳卻連他的名字都不記得……應該會讓人覺得妳的人格有缺陷吧，啊啊？」

「…………」

「但撫子就是為了隱藏這樣的人格，才會避免說出真心話，總是低著頭沉默不語吧，哈哈！」

「……是啊。」

朽繩先生「喔」的一聲，做出奇怪的反應。

應該是看到撫子率直同意而感到意外吧。或許如此。

撫子是個不率直的孩子。

討厭說真心話。討厭做任何事。

肯定是因為撫子不溫柔。因為撫子一點都不平易近人。

「撫子在想……」

撫子一邊在曆哥哥房內翻找，一邊對朽繩先生這麼說。不對，表面上姑且是和朽繩先生交談，但或許近似於自言自語。

至少撫子不期待朽繩先生有任何反應。

「月火那番話，應該是對的。」

「啊啊？」

「撫子喜歡曆哥哥，是因為這樣就可以免於受傷……因為你想想，戀愛不是非常消耗能量嗎？但消耗的不是朽繩先生那種能量就是了。」撫子這麼說。「喜歡別人、被別人喜歡……既然這樣，專注投入絕對不可能實現的戀情，就出乎意料地輕鬆……正如月火所說，可以免於轉移目標、免於迷惘。」

「……………」

「不然果然無法解釋吧？雖然今天早上那樣辯解……但撫子這種敷衍的女生，居然整整六年專情於只是點頭之交的好友哥哥……根本不可能吧？」

並沒有發生什麼契機。

雖然發生很多事，卻沒發生任何事。沒發生稱得上「物語」的事件。

月火當時那麼說並且認同，但小學二年級那時候，並沒有發生什麼明顯的事件。沒在差點出車禍時得救、沒在受到欺負時得救，只有在月火房間一起玩遊戲。

真要說的話，只因為他是月火的哥哥——是阿良良木曆。

換句話說，雖然很少用這句話來形容男生，但曆哥哥高不可攀，所以撫子可以放心喜歡他。如此而已。

「撫子覺得，喜歡上別人是非常美好的事。光是這樣就有活下去的動力，光是這樣就精神抖擻，內心輕飄飄暖烘烘。」

「……………」

「這個世間在各方面不好過，有許多不如意或討厭的事，煩惱總是源源不絕，以為是稀鬆平常的事物卻會忽然瓦解，認定可靠的事物出乎意料不可靠，身心都會很快疲憊，精疲力盡，忍不住就想當場癱倒在地。即使如此，只要懷抱著喜歡某人的心意就可以努力下去。」

「…………」

「即使想哭，應該也能常保笑容。所以……」

撫子說到這裡暫時停頓。

像是要說給某人聽。

「所以，撫子才會喜歡曆哥哥吧。只是為了穩定自己的情緒而喜歡某人。」

「穩定情緒……」

「因為，從常理思考就覺得很噁心吧？只會覺得噁心吧？月火當時或許就是這個意思。居然能喜歡一個沒見面的人長達六年……如果是童話或許很美麗、很浪漫……不過坦白說，這樣是跟蹤狂吧？這種心意太沉重了。」

撫子繼續說下去，如同恍惚說著夢話。

「撫子一直在思考月火那番話的意義……雖然費力，但撫子沒別的事情好做，所以一直在思考。」

「…………」

「過高的理想會令人頹廢……正確來說，這其實是羽川姊姊說的……換言之，既然是絕對無法實現的夢想，就可以放心去追吧？」

絕對無法實現的夢想。絕對追逐不到的理想。絕對找不到的失物。

如果是這樣的東西，即使實現不到、尋找不到、追逐不到，也不會「受傷」。

用不著改變一切。用不著做任何事。

「如果合理的夢想沒能實現，應該會大受打擊……訂下過高的理想，肯定是為了自保。因為沒實現的時候，可以說聲『果然如此』就帶過。」

不要做夢，要面對現實。

月火至今究竟經歷過多少挫折……究竟得知道多少事情，才能像是過來人那樣開導撫子？

恐怕是撫子經歷一次就會完全受挫——就會結束人生的經驗與知識。

是的。如果是月火，剛才那種頂撞老師、和全班同學為敵的行徑，對她來說應該算不了什麼。

如果是月火，後來應該不會早退，而是面不改色繼續上課。

撫子對這樣的月火……

「……撫子第一個喜歡的對象，或許出乎意料是月火。之所以喜歡曆哥哥……或許是想和月火成為姊妹……」

「…………」

「撫子偶爾會察覺，自己在尋找『曆哥哥的優點』。」

「…………」

「嗯…………」

撫子說話時，手邊的動作完全沒停過，卻找不到疑似朽繩先生神體的東西。

難道不在這個房間？

但是撫子在屋內能翻找的範圍，勉強只限於曆哥哥的房間吧……唔～……

像這樣看就發現，曆哥哥的房間缺乏個性。

該怎麼說，感覺不到曆哥哥的特色……看不出平常是怎樣的人使用這個房間。

房內幾乎沒有看得出嗜好或興趣的物品。書櫃上的書也都是名著，沒看到曆哥哥偏激嗜好的收藏品。

看起來彷彿是飯店的客房。

只擺放最底限的必需品……就像是預先做好隨時可以離開這裡的準備。

…………

如果家人的房間是這種感覺，撫子應該會擔心吧……撫子思索著這種事。

「……啊。」

撫子剛感慨地思索這件事，就發現非常容易看出興趣與嗜好的物品。

A書。

數本A書，一起放在書桌最下方的抽屜。

「唔哇、唔哇、唔哇……」

「……喂，撫子？」

「這、這樣家人會擔心的……」

撫子取出最上面那本。

好誇張的封面。

具體形容的話，就是……該怎麼說，嗯……一個雙馬尾女生在……不對！

撫子沒辦法繼續說下去。

「好、好誇張，這麼偏激……不愧是曆哥哥……真不是蓋的……不、不對，可是就某方面來說……」

「喂，撫子。」

「別說話。說不定朽繩先生的神體，就夾在這種書裡面吧？」

「不……再怎麼樣，也不可能扁平到這種程度吧……」

「唔～嗯……」

撫子專注閱覽。

一頁頁仔細翻開，以免看漏。

要是錯過朽繩先生的神體就麻煩了。

「撫子……」

「嗯？」

「撫子沒以『我』自稱的原因……朽繩先生覺得是什麼？」

「本大爺哪知道？自己想吧。」

「就是這樣。」

「啊？」

「應該就是這個原因。撫子沒有所謂的『自己』。」

撫子看完第一本，拿起第二本時這麼說。

第二本完全不同，是外國的各種內容。

真……真是成何體統。

「撫子……沒有自己。」

這不可能。太強人所難了。

這也是撫子一直在想的事。

明明不願意去想。

「自己？妳想說的應該是『自信』吧？」

「不，是『自己』。自己。」

「撫子，妳說這什麼話……位於這裡的妳不是別人，正是妳自己吧？這雙手、這雙腿、這具身體，甚至每根頭髮，都是妳自己吧？」朽繩先生這麼說。「既然這樣，妳應該有『自己』吧？」

「嗯……名為千石撫子的『某人』當然存在。大家稱為『千石』的『某人』、名為『撫子』的『某人』、朽繩先生稱為『撫子』的『某人』確實存在，存在於這裡。就讀國中二年級，正在曆哥哥房間翻找東西的女生，確實存在。」

不過，這不是「我」。

撫子不認為這是「我」。

「對『我』來說，撫子的事是別人的事。所以撫子不會自稱『我』。」

「…………」

「大家認定的千石撫子不是『我』。既然說千石撫子可愛，這個千石撫子就不是『我』。」

隱約覺得像是活在別人的人生。覺得不是自己。

順從別人的話語生活、只對他人的話語起反應，未曾主動做過任何事。

這是當然的。因為撫子沒有自我，甚至不算是空殼。

撫子的外側與內側，有個不曉得是誰的陌生人。

「無聊。總歸來說，妳是個小鬼吧？」

「…………」

「到頭來，這和小鬼以名字自稱是相同的道理吧？因為大家都這樣叫自己，所以自己也以這種方式『理解』，也就是還沒形成自我。對了，那個老師使用『老師』這種第一人稱，也是相同的道理。『老師』以這樣的自稱，自覺到自己是『老師』。」

「……換句話說，撫子沒有自我……沒有自我風格……」

「這並非壞事，這本身並非壞事。活出自我風格其實沒那麼有價值。」

「可是……如果沒有自我、沒有自己……就沒有存在於這裡的意義啊？」

「妳承受不了這份意義的重量吧？」

「…………」

一點都沒錯。

撫子並不是想得到「我」。

真要說的話，撫子想要的是……

「第三本……」

哎呀哎呀。高中生可以私藏這種東西嗎？

要是被別人知道私藏這種東西，人生有可能就此垮臺。

「可以把這個當成朽繩先生的神體帶回家嗎……」

「妳把本大爺的神體當成什麼了……？」

「啊……」

某個東西，從第三本書裡飄落。

是書籤？

不過，居然在這種寫真集使用書籤，該說曆哥哥意外地一絲不苟嗎……既然夾著書籤，代表曆哥哥很喜歡這一頁？

既然這樣，就得檢查才行。

撫子得看個仔細。

「實際上，如同朽繩先生之前說的那樣，撫子不太認為自己有錯。」

「啊？」

「那是朽繩先生的同胞？兄弟？部下……眷屬？總之……撫子當時殺掉許多蛇，而且是以殘酷的方式殺害，但撫子沒有做錯事的想法。」

沒後悔、沒反省。

沒做任何事。

「撫子認為，那是情非得已……因為撫子當時認為，要是沒這麼做就會死掉。撫子或許有所反省吧，但『我』沒反省。」

「……不過，這個虐殺行徑毫無意義，甚至只對妳造成反效果啊？」

「即使如此，也是情非得已……因為撫子當時一無所知。」

「…………」

「情非得已。嗯，撫子總是以這句話解決一切。因為……撫子把自己的事，全部當成別人的事。」

即使像這樣非法入侵曆哥哥家，撫子也覺得「情非得已」。今後應該會被罵，到時就道歉吧。

因為對方在生氣，所以應該要道歉。

如同置身事外。

「因為朽繩先生生氣，撫子才會像這樣贖罪。」

「不，本大爺並沒有生氣……」

「撫子即使殺了人，應該也會說『情非得已』吧……」

「撫子！」

朽繩先生忽然放聲大喝。撫子嚇了一跳，停止翻頁的動作。

「怎、怎麼了……這一頁的女生怎麼了？」

「不，不是那樣……本大爺指的是夾在那一頁的書籤。」

「書籤？」

掉在地上的書籤？

難道這張書籤是首刷特典，另一邊印著女生照片嗎……撫子依照吩咐，撿起這張背面朝上的書籤。

隨即……

「啊……」

印在書籤正面的，是一條蛇的圖。

這條蛇在吃自己的尾巴。

銜尾蛇的圖。

「話說……這不是書籤……是符咒？」

撫子回想起來了。

記得在六月，曆哥哥貼在那座北白蛇神社的符咒——忍野先生託付給曆哥哥的那張符咒，和這張符咒很像。堪稱「酷似」。

當時好像說過，將那張符咒貼在神社的工作，有著五百萬圓以上的價值……但當時那張符咒上面是文字，這張符咒上面是圖，照道理應該不可能「相似」。

不過，畫這張符咒以及寫那張符咒的硃砂筆似乎一樣……筆觸怎麼看都……

「……原來是這麼回事。」朽繩先生這麼說。「是以『這種形式』保存啊……不把本大爺的神體當成物質，而是當成『圖畫』來保存……真是出乎預料，哈哈。」

「圖畫……」

不是屍體。

也不是白骨或木乃伊……

原來如此，這麼一來無論要帶走、保存或隱藏都很簡單，朽繩先生的探測能力再強也難免找不到。

可是……圖畫？

「這、這種東西可以成為信仰對象……？因為，就這麼薄薄一張……」

「當然可以。即使薄薄一張也可以。」

朽繩先生立刻回應撫子的疑問。

講得像是易如反掌。

「你們人類不是理所當然般，會以『圖畫』當成信仰對象嗎？」

「是、是沒錯，像是覺得萌或覺得可愛，但這終究是最近的文化……」

「不不不，不是那個意思。」

「你、你的意思是不只照片，連肖像畫也可以？」

「……本大爺只是在說林布蘭或達文西之類的。」

「啊啊……」

對喔。

聽他這麼一說，那確實是一種信仰。

「總之不只是繪畫，像是音樂或文學，沒有任何東西無法成為信仰的對象。即使是屍體、岩石或樹木當然也包括在內。」

「…………」

撫子聽到這裡，再度確認這張符咒。嗯……

不過就撫子看來，這只是一張普通的圖，和當成信仰對象的圖不一樣。

如果沒人說這是符咒，至今看起來也只是書籤……但也正因如此，才適合藏在這種地方吧。

一般來說，任何人都不會認為神社的御神體會藏在A書裡……話說，曆哥哥這樣理應遭天譴吧？

曆哥哥最近諸事不順、多災多難的原因，或許出乎意料就在這裡……

「以『圖畫』的形式，將這種存在或概念『永久保存』，這堪稱是一種智慧。只是沒想到本朽繩大爺擁有一具這麼扁平的主體……哈哈。撫子說得沒錯，自己出乎意料不清楚自己的事情。」

「……換句話說，就是這個嗎？」

撫子將這張符咒翻來覆去，向朽繩先生確認。

進行最後的確認。

「這麼一來，朽繩先生就可以取回原本的能量……今後不用擔心能量用盡，可以永遠存在於世間……」

「哎，應該不是永遠吧。畢竟紙只像是複製品，失去的信仰也無法取回。不過，總之應該可以持續數百年沒問題，比電子書的壽命長得多。好啦，撫子，快點拿那張符咒給本大爺『吃』吧。」

「……用吃的……」

「放心，本大爺會守約，會確實恢復撫子的瀏海。不對，光是這樣不足以答謝，如果還有別的願望，本大爺就幫妳實現吧。」

朽繩先生的心情愉快無比，甚至堪稱出現亢奮症狀。

這也在所難免。

因為他終於如願以償找到自己的身體——找到能源、找到能量的來源。

「…………」

「嗯？撫子，沒願望嗎？多麼高不可攀的願望都可以喔。比方說『讓今天在學校發生的事情當成沒發生過』之類的，使用多餘的能量並不是無法實現。」

「……高不可攀。」

高不可攀的……暗戀對象。

願望。如同到神社參拜許下的願望。

既然這樣，撫子會許什麼願望？

「我」會為了千石撫子這個孩子，許下什麼願望？

「那就把那件事當成沒發生過吧。」

「啊？撫子，妳明明把那件事講得好像人生結束，真的要許這個願望？雖然實際上的做法是『消除大家的記憶』之類的……但妳願意就這麼維持終結？啊啊？」

「反正都一樣……撫子不擅長團隊行動。」

「是喔。哎，應該吧。」

「不過，撫子偶爾也覺得『不擅長團體行動』這種話很傲慢。簡單來說，這就代表沒把自己周圍的人當成同伴。撫子害怕『和喜歡的人組隊』這句話，是因為撫子沒有喜歡的人。」

「…………」

「所以，其實都一樣。對撫子來說，撫子打從一開始就等於結束了。撫子從很久以前早就結束了。只是『我』沒正視這件事罷了。即使沒發生今天這種事，無論是否被下咒，撫子也已經結束、早就結束了。」

無論怎麼做，都已經結束了。

「所以，沒有嗎？」

朽繩先生如此詢問。

很乾脆地收起愉快與亢奮的情緒，以正經的語氣詢問。

「撫子完全不想對神許願？」

「許願……」

「要說祈禱也行。」

撫子開始思考這個問題。

雖然費力，但還是思考。

「想和最喜歡的……」

撫子說出來了。

說出費力的話語。

「想和最喜歡的曆哥哥兩情相悅……這樣的願望也能實現嗎？」

「千石，這個願望沒辦法實現。」

此時，撫子後方傳來這句話。

這句話不是來自朽繩先生。

撫子不用回頭也知道。

如今，他就在撫子身後不遠處。

曆哥哥。

阿良良木曆就在撫子身後。

021

現在的狀況——物語大概進入高潮片段的現狀，究竟多麼嚴苛、離譜又嚴重，撫子就說明一下以供參考吧。

撫子不認為能以言語傳達，但應該試著盡最大的努力。努力很重要。

撫子討厭努力，但這應該是撫子人生當中最後一次努力吧。

唔～首先，撫子現在位於曆哥哥家，在曆哥哥房間。順帶一提，這是非法入侵。擅自打開上鎖的玄關大門，甚至將鞋子裝進塑膠袋隱藏行跡，犯下私闖民宅的罪。

不只如此，還在曆哥哥房裡翻找東西。

這是連家人都不能做的行為。

曆哥哥對撫子的恩情明明還也還不清，並非誇張，是真的拯救過撫子的生命，但這已經不是恩將仇報的等級。

是更勝於私闖民宅的侵犯隱私。

此外，不曉得「光是這樣還算好」這句話是否該用在這裡，但光是這樣還算好，撫子現在甚至拿出曆哥哥藏在書桌抽屜的A書，依序看完兩本之後扔到地上，第三本則是放在大腿上翻開著。

而且在這種狀態，在這種狀態被目擊的時候，說出來了。

撫子說，想和最喜歡的曆哥哥兩情相悅。

「……………………………………………………………………………！」

撫子臉色一下鐵青一下通紅，肯定是雙色混搭的感覺。

動不了。站不起來。

甚至無法轉身、無法眨眼。

夢。這是夢。撫子在做夢。

這樣不行。撫子這樣真的不行。

月火不是也說過嗎？要好好面對現實……

「千石，聽好了。千石撫子。」

後方繼續傳來曆哥哥的聲音，無視於撫子逃避現實的心態。這是扼殺情感、聽不出情緒的聲音。

不肯讓撫子逃離現實。

不肯放撫子逃進夢中。

「我不會對妳做任何事……所以冷靜下來。可以嗎？」

「………」

冷靜下來？這是什麼不可能的任務？

曆哥哥對撫子提出無理的要求。

冷靜下來？

意思是要撫子死掉？

「慢慢把那個東西，放到地上。」

撫子聽不懂。

平常肯定聽起來很舒服，來自曆哥哥口中的話語，撫子如今卻完全聽不進去。

曆哥哥為什麼會在這裡？

不用上學？不用助人？

不對，撫子不曉得曆哥哥是否是去助人。

不過，那麼，曆哥哥在做什麼？

「千石，有聽到嗎？把那個東西，放到地上。放心，只要這樣就好，這樣就可以解決一切。」

「…………」

那個東西？是指撫子大腿上的寫真集？

是的，確實應該盡快拿走，畢竟會影響教育。

不過，曆哥哥，請聽撫子說。不是這樣的。撫子絕對不是為了找這種書，才溜進曆哥哥的房間翻找。

撫子不會為此犯罪。

不過，現狀沒有解釋的餘地。無論是誰用何種角度來看，現在的撫子都是早熟、老成，對這種事充滿興趣的女生。

「朽、朽、朽、朽、朽、朽、朽……」

聲音在顫抖、舌頭在顫抖、嘴脣在顫抖。

明明視野天旋地轉，講話卻不流暢到前所未有的程度。

即使如此，撫子還是絞盡力氣呼喚。向右手腕的朽繩先生求救。

「可、可以了啦，朽繩先生……全、全部招出來也沒關係……」

全被知道也沒關係。

包括撫子不是受害者、包括一切的事情，全被曆哥哥知道也沒關係。所以，請你全說出來吧。

夠了。一切都——受夠了。

「朽、朽繩先生……」

然而，朽繩先生沒反應。在撫子右手腕動也不動。

曆哥哥登場之後，他完全化為平凡的飾品。

「……為、為什麼？」

為什麼不肯幫忙說話？

不在別人面前說話或行動的約定，到這個階段明明完全沒意義了……

「朽、朽繩先生……」

「千石，有聽到嗎？」

曆哥哥低沉的聲音繼續響起。

如同聽不見撫子向朽繩先生求助的聲音。

「聽好了，放下那個東西。」

曆哥哥這麼說。

「把那張符咒，放在地上。」

他這麼說。

「…………………………」

…………………………

符咒？

符咒嗎？

是夾在這本寫真集裡的……符咒。

銜尾蛇的圖畫。

要撫子放下……朽繩先生的神體？

「曆……」

咦？

好像……不太對？有某些地方不對勁？

等一下。換句話說，現在的曆哥哥，無須聽朽繩先生說明，就知道撫子在曆哥哥房間翻找東西的原因……？

為什麼？

因為，曆哥哥肯定一無所知才對……

「曆……」

撫子任憑寫真集放在大腿，勉強只轉頭看向身後。

「曆哥哥……為、為什麼……」

並且，如此詢問。

「為什麼……曆哥哥……這麼……無所不知？」

「不是無所不知，只是剛好知道而已。」

仔細一看，身後不只曆哥哥。身穿學生服的曆哥哥旁邊，是身穿連身裙的金髮幼女——忍野忍小姐。

如同理所當然位於那裡，位於曆哥哥的身旁。

幼女向撫子露出淒滄的笑容。

露出牙齒，微微仰頭。

如同俯視、如同蔑視。
原本應該是夜行性的她，在大白天看著撫子。
「…………」
「千石……」
相對的，曆哥哥以正經的表情，筆直注視撫子。
這就是所謂的「視線如刀」。
曆哥哥看起來像是在生氣，但更像是有所困擾。
困擾？
不對，是撫子害他困擾。害得最喜歡的曆哥哥困擾。
「那個東西……」
曆哥哥說著指向符咒。
他將撫子拿在左手的「這個東西」，稱為「那個東西」。
「那個東西，比妳想像的更加危險。現在還來得及挽回。雖然妳稍微做錯事，但還是來得及。放心，任何人都會犯錯，只不過這次是妳犯錯罷了。」
「…………」
犯錯？挽回？
這個東西，這張符咒，不是撫子想像的東西……這是什麼意思？

如果不是撫子想像的東西……就是撫子想像以外的某種東西？

曆哥哥真的無所不知。

而且一無所知。

「……撫、撫子……沒做錯……」

撫子這麼說。在這種狀況，也面對曆哥哥提出主張。即使戰戰兢兢，但要是沒這樣辯解，自己心中某個重要的東西似乎會瓦解。

真是荒唐。

撫子心中那個重要的東西，明明早就瓦解了。

「撫……撫子……明明覺得費力，還是情非得已……做自己該做的事……其實，撫子不想，做這種事……即使如此，還是不得不做……」

不只如此，撫子只有剛開始氣勢十足（不過就旁人看來，連剛開始的氣勢都不是很好吧），如今逐漸講得支支吾吾。講得語無倫次。

轉過頭去的撫子，無法承受曆哥哥的視線……再度將頭轉回正面。

要是有瀏海，只要低頭就好。

如今，則是背對曆哥哥。

如同在反抗。如同在敵對。

「情……情非得已，情非得已，情非得已。」

「嗯，我明白。千石，不要緊。」

曆哥哥的聲音始終很溫柔。

如同包覆撫子，毫無攻擊性。甚至想這樣將一切託付給他。

「不過，那是非常危險的東西，是危險無比的物品，帶來禍害的物品。是代為保管就算了、代為藏匿就算了，卻不曉得該如何處理，只好收進那裡，並且遺忘至今的物品。那是連忍都吃不了的東西，妳絕對沒辦法處理。所以……」

「…………」

這是當然的。

因為，這是御神體。是當成神放在神社祭祀的東西。

原本就不是撫子這個普通國中生該拿著的東西。

不過……

「可、可是曆哥哥，撫……撫子一定得帶走這個東西……因為對於撫子來說，這是贖罪。」

「贖罪？」

曆哥哥似乎對這番話起反應。而且是訝異的反應。

該怎麼說，如同聽到不適合出現在這裡的話語，如同在手術臺上看見縫紉機。

「唔……嗯，贖罪……」

即使如此，撫子依然不以為意說下去。

希望這樣努力說明，可以稍微改善現狀；誤以為可以挽救已經結束的現狀。

「不、不是受害者……撫子不是受害者……雖然是受害者，但也是加害者……」

所以，撫子非得贖罪。

咦？

好像怪怪的？

「……這樣啊。我明白妳也有各種煩惱了。抱歉，我一直沒察覺。妳在學校發生的事，我也聽說了。」

曆哥哥這麼說。慢著，在學校發生的事？

是指撫子變成怒子的那件事？為什麼這件事會傳到曆哥哥耳裡？

不對，越是納悶，就越是覺得沒什麼好奇怪的。在撫子的國中，也有很多人是月火或火憐的朋友，要是發生事件，情報就會聚集到她們那裡，而且「那件事」足以形容為事件。

此外，只要這個消息傳到火炎姊妹耳裡，應該也會傳到曆哥哥耳裡。畢竟今天早上剛發生那種事。

所以曆哥哥才會回家？因為收到撫子早退的情報？

不對，這或許是部分原因，但肯定不只如此。因為光是這樣，曆哥哥不可能知道撫子來到暦哥哥家。

所以，是基於某些事。

基於撫子不知道、暦哥哥知道的某些事。

……應該是這個原因吧。

那又怎樣？

這種事一點都不重要。

無論暦哥哥知道什麼、撫子不知道什麼，都不重要。

因為，暦哥哥知道了。知道了撫子最不想被知道的心意。

所以對於撫子來說，其他的一切都不重要了。結束了。

既然一切已經結束，那就結束吧。

「抱歉，我沒能察覺。」

暦哥哥這麼說。撫子不太清楚這番話是針對什麼事。

暦哥哥說，他沒能察覺。

撫子不希望暦哥哥察覺。希望暦哥哥不予理會，不要察覺。

撫子是如此討人厭的孩子。其他人知道都好，撫子只希望暦哥哥不知道這件事。

希望在暦哥哥面前，永遠只是個「可愛」的孩子。

「千石，我會好好道歉。所以現在先把那張符咒給我。」

「…………」

「妳……」

此時，曆哥哥這麼說。

他的語氣，隱含些許悲傷。

「妳總是這樣……和我說話的時候，總是一副為難的樣子。」

「…………！」

咦？

請等一下。

錯了。不是這樣。

撫子和曆哥哥說話的時候低著頭，不是基於這種原因。撫子是……

「任何人對妳說話時，妳都會這樣？任何人接近妳，都會讓妳為難？所有人在妳眼中都是敵人？既然這樣，那也好。如果妳討厭我，那也沒辦法。」

曆哥哥居然說「沒辦法」。

請不要講這種話。

撫子剛才說過吧？曆哥哥剛才有聽到吧？

還是說，曆哥哥沒聽到？

撫子對曆哥哥……

「可是千石，只有那張符咒……」

「汝這位大爺，別講得如此拐彎抹角如何？」

至今一直保持沉默的忍小姐，於此時打斷曆哥哥的話語。她的語氣完全壞心眼透頂，毫無關懷之意，和曆哥哥相反，對撫子充滿攻擊性。

「無須關懷這種不懂事又愛撒嬌之丫頭，打一拳搶過來即可。要解釋或是說明，等晚點再好好說個夠。不對，甚至沒必要在事後說明。如此一無所知的丫頭，隨便扔到旁邊即可。可憐又可愛。讓她繼續當個受害者，亦是一種仁慈吧。」

「忍……」

曆哥哥對這番話起反應。

「這丫頭在這種狀況依然只顧著自己，汝這位大爺無須為這種人著想。反正汝這位大爺應該是依照一如往常之模式，看到任何人遭遇任何困難都想相助吧。若要說得更進一步，反正汝這位大爺不可能回應這丫頭自以為是之心意。」

忍小姐冷漠地這麼說。

這番話冷漠無比，甚至不曉得是對誰如此冷漠。

鐵血、熱血、冷血的吸血鬼。記得這是忍小姐的標語。

不過，現在的忍小姐只有冷血。

血冷如蛇。

「這種只有可愛之ㄚ頭、只求自保之ㄚ頭，見死不救亦無妨。博愛主義也要有個限度。犯罪就該受罰。這個傢伙必須明白這個道理——和吾一樣。」

「……講、講得這麼過分……」

撫子忍不住反駁。

居然說撫子只有可愛、只求自保……

撫子聽她這麼說，終究不能保持沉默。

非得出言反駁。

「不、不是這樣……或、或許是這樣……只是為了自己，情非得已這麼做……藉此贖罪、藉此敷衍，可是，可是……」

撫子是要協助朽繩先生。

協助失去能量，處於風中殘燭狀態的朽繩先生。

即使只有一點，只有一點點，也不是沒有這種想法……

「朽……朽繩先生，說說話啊。」

撫子朝右手腕的怪異——右手腕的神這麼說。

「不要悶不吭聲……求求你，幫幫撫子啊……保護撫子啊……」

你是神吧？

「瀏海姑娘，適可而止吧。」

忍小姐說得很無奈。

這個稱呼已經不適合撫子了，但是對於忍小姐來說，這當然是瑣碎的小事。

身為怪異的忍小姐，不在乎人類這種程度的個體差異。因為她是吃怪異的專家。

「別老是依賴朽繩先生這種『未曾復活之神』，快交出那張符咒。交出臥煙伊豆湖託付給吾之主保管之咒術符咒。」

咦？

撫子聽到這裡，看向畫著蛇的符咒。

並且看向自己的右手腕。

纏附在那裡的是……不對。

套在那裡的，只是平凡的白色髮圈。

看似可以輕易綁起頭髮的平凡髮圈。

022

「忍，別講這種話刺激她……千石！」

撫子一邊聽著曆哥哥的怒吼，一邊將左手所握的符咒……「吃掉」了。

吞下去了。
將畫著蛇的符咒，送入口中。
如同蛇一樣大口含住，吞進肚子。
「千石，別這樣！還來得……」
「來不及了！」
撫子感覺到忍小姐大聲打斷曆哥哥的話語，並且朝撫子跳過來。
撫子當然感覺得到。現在的撫子，可以用視覺以外的感官觀看世界。
可以感受溫度。
看得見他人的體溫、肌膚的溫暖。
因為，撫子自己就是蛇。
「只能吃掉了！這個丫頭……無藥可救了！」
「無、無藥可救……這種事……」
撫子轉向他們。這次是整個身體轉過去。
不對，正確來說，事情在撫子轉身之前就已經發生。
已經產生變化。
快到來不及挽回。快到過於來不及挽回。
「『我』自己最明白啊啊啊！」

蛇。是蛇。

撫子的頭髮全部變化成蛇，而且是白蛇。

不是幻覺。是物理現象、實際發生的事情。

十萬條蛇棲息在撫子的頭髮。不對，形容成「棲息」很奇怪。因為這十萬條蛇、十萬隻蛇，全都是撫子自己——全都是「我」。

因為撫子如蛇、蛇如撫子。

「唰啊啊啊啊啊啊啊啊啊啊啊啊啊啊啊啊啊啊啊啊啊啊啊啊啊啊！」

蛇，伸長了。

如同本身就是成長的生物，或是如同原本的頭髮，卻以驚人的速度伸長，纏在試圖朝撫子喉頭咬下去的忍小姐身上。

糾纏不放、緊咬不放。

「唔……這個……爬蟲類……！」

忍小姐被往後推。

現在的她擁有何種程度的力量，從外表看不出來。年齡可能會隨著力量變化，也可能不會這樣。不過至少能以蛇的單純物量，在物理層面推走她。

伸長的蛇、伸長的頭髮。

瀏海也一鼓作氣變長。

朽繩先生說過，等到取回力量會幫撫子頭髮變長，看來這番話不是謊言。
只不過，朽繩先生的存在本身是謊言。
八百萬之神，盡是謊言。
「嗚、啊、啊啊啊啊啊啊啊啊啊啊啊啊啊啊啊啊啊啊啊啊啊啊啊啊啊啊！」
十萬條蛇就這麼將忍小姐按在地上繼續啃咬。利牙不斷插入她雪白柔嫩的肌膚。
「嗚……啊……」
即使是忍小姐也不禁哀號。
這麼說來，六月的時候有人說過，毒對吸血鬼的不死身軀同樣有效。
既然這樣，撫子的頭髮有毒嗎？
撫子有毒嗎？
還是說……撫子就是毒？
「忍……」
曆哥哥試圖救出忍小姐。他撥開蛇群，拖出埋在裡面的忍小姐。
接著，他將全身刺傷、慘不忍睹的忍小姐，強行塞進自己的影子避難，讓忍小姐進入名為影子的防空洞避難。
忍小姐進入那裡，蛇——撫子就無從出手。
無從出髮。

再也無法啃咬。

「為什麼……」

此時，撫子總算完全轉過身來。

從坐姿改為單腳跪地，寫真集於此時落在地面。

符咒則是……落進肚子裡。

「曆哥哥，為什麼要救忍小姐？」

「千石……」

「你明明沒有救撫子！」

撫子扯下一根頭髮。一條蛇。

以右手握住的這一瞬間，這條白蛇變粗、變薄、變硬，成為筆直的棒狀物體。

物體本身就像是一根牙。

大牙。利牙。

隱含劇毒的牙。

「曆哥哥……曆哥哥、曆哥哥……曆哥哥……曆哥哥、曆哥哥……曆哥哥……」

撫子像是施展拔刀術，將這根牙從下而上揮砍，並且大喊。

如同夢囈、如同怨言般大喊。

「撫子也……」

這根牙，正中曆哥哥的側腹。

一股衝擊、一股討厭的觸感傳到手中。

「撫子也……撫子也……」

但是撫子沒有收手，繼續揮動大牙。曆哥哥躲也不躲。

為什麼？

因為在……保護忍小姐？

為什麼？為什麼？

「撫子明明也最喜歡曆哥哥啊！」

揮動的牙，插入曆哥哥的皮膚。

撫子的毒、撫子的劇毒，在撫子最喜歡的曆哥哥體內循環。

023

然後，物語回到開頭處。

歡迎回來。

看得開心嗎？

那太好了。

北白蛇神社境內——如今連建築物都不剩，只有鳥居勉強顯示這裡曾經是神社，這條老朽至極的山路上，撫子獨自佇立在伸手不見五指的傾盆大雨中。

獨自一人。

完全只有一個人。

只有撫子站著。後方的兩人倒在地上。

曆哥哥與忍野忍小姐體內各處遭受劇毒侵蝕，全身變得漆黑。至於曆哥哥，粉碎的心臟至今還沒再生。

不過，他們是不死的吸血鬼。

了不起的派頭。

看來兩人都沒死，依然活著。明明是不死之身卻說成「還活著」，這種形容方式真是奇怪得很好笑。

何況，他們只對灑落的雨滴起反應，像是通電的青蛙下半身一樣頻頻抽搐，這種生理反應不一定能形容成「還活著」。

「明明別追過來就好了。」

撫子如此低語，咻咻轉動著左手的牙。

「扔著逃走的撫子別管就好了……反正又不會來拯救撫子。就算不是這樣，要是曆哥哥願意解決撫子——願意殺掉撫子就好了。」

真弱。

撫子以清醒的雙眼俯視曆哥哥，自己的語氣冰冷到連自己都打冷顫。打冷顫也可能是因為雨水冰冷，但應該不只是這個原因吧。

撫子如今，應該已經完全冷血了。

比起忍小姐，更加冰冷。

身與心、血與心，都是冰冷的。

當時撫子一招打中曆哥哥，嚇到曆哥哥之後，逃離曆哥哥的房間。

撫子各處逃竄，最後回到一切事件開端的北白蛇神社，躲在地板底下。雖然只能說果如其然，但曆哥哥追來了。

即使多少有頭緒，但不像是歪打正著找到的。

既然這樣，代表曆哥哥在那之後一直在尋找撫子？如同那天晚上？

應該是吧。反正應該是這樣沒錯。

曆哥哥——撫子喜歡的曆哥哥，就是這樣的人。

他是這樣的人。只是這樣的人。

「反正雖說要殺……雖說吃掉無妨……也不打算殺撫子、吃撫子吧。打飛神社的時候，肯定是已經在尋找妥協點了吧。曆哥哥老是這樣，只會耍嘴皮子。」

既然怪異已經附身到分不開，或許確實得尋找妥協點吧。

撫子這麼說。

語氣的冰冷程度有增無減。

「總是這樣……曆哥哥總是這樣。別說有勝算，甚至不打算贏，總是走一步算一步，毫無計畫就奮戰……」

現在的曆哥哥以及忍小姐只是擁有不死之身，但絕對不算強。而且不死之身也不完整，尤其在對付蛇毒這種不擅長的對手時，是的，如各位所見。

何其「淒慘」。

「到最後……」

撫子沒從兩人身上移開目光，就這麼注視著他們說下去。

如今沒必要刻意看右手腕。

「這是怎麼回事？是怎樣的狀況？朽繩先生……為什麼會變成這樣？」

「本大爺不是說了嗎？這全都是妳的錯……啊啊？」

朽繩先生回應了。語氣一如往常地嘲諷，像是糾纏不清。

不對，「一如往常」是很奇怪的說法。

因為朽繩先生——這位名為「朽繩先生」的怪異，是短短幾小時前，在撫子吃掉符咒的那時候復活的神。

這個怪異，直到剛才都不存在。

只存在於撫子心中。

「其實原本這樣就夠了。因為到頭來，怪異或是神這種東西，只存在於每個人的心中。不是位於外在，而是內在。妳對本大爺賦予的形象，也足以成為信仰。」

「信仰……換句話說，撫子是擅自在心中打造『朽繩先生』這個怪異，建立這個怪異的形象？」

「而且妳就這麼獨自復興了一個早已毀滅的信仰。但也因為這樣，使得這份信仰改為以奇怪的角色形象為根基就是了……天啊，真了不起的妄想。」

妄想。這兩個字插入撫子內心。

「妄想……換句話說，撫子原本認定是搭檔的朽繩先生，其實真的是幻覺、真的是幻聽？」

「對。看見本應看不見的東西、聽見本應聽不見的聲音，將其當成一種訊息，認為自己是獲選的使者……撫子，妳把這種人稱為什麼？啊啊？」

朽繩先生這麼說。

撫子無話可說。

這是可憐的孩子。

是令人痛心的孩子。

是千石撫子。

「居然妄想聽到神的聲音……撫子簡直自以為是聖女貞德。」

知道鞋櫃死角的觸感是蛇的觸感，還知道是白色的蛇，也是理所當然。

因為，這是自己的妄想。

所以當然會知道。

白蛇只從密閉空間出現的原因，以及無法離開神社的原因，也是單純至極。因為如果不是這樣，妄想就無法符合邏輯。

正因為是密閉空間——是看不清楚的縫隙或暗處，才能想像出「怪異」。

才能讓自己「嚇一跳」。

感覺這種事情好荒唐。

不對，這不是「事情」，是「物語」。

「不過實際上，本大爺這個神就是因而復活，所以實在了不起，哈哈。撫子，總歸來說，代表妳是為此而捏造這個物語。」

「捏造……物語。」

「若要說是怎麼回事，其實不算是一回事。」

「……」

「虛構。撫子創作了不可能存在的物語，在妄想之中進行一場大冒險。真正的撫子只一直活在沒有戲劇性的日常生活。感覺這是擅長逃避現實的撫子所做出最大型的逃避現實行動。」

「可是……」

撫子非常清楚，朽繩先生這番話是毋庸置疑的真相，但還是垂死掙扎般這麼說。

「雖說至今的朽繩先生是撫子的妄想……朽繩先生卻知道撫子不知道的事吧？」

從撫子心中調出知識，或是如同看透撫子的心……這可以用「朽繩先生是撫子的妄想」來解釋。朽繩先生能做出淺顯易懂又莫名具體的比喻，也是基於這個原因。但朽繩先生也知道撫子不知道的事情。例如撫子不可能知道關於怪異的專業知識。

「哈哈，不可能有這種事。當時的本大爺是撫子的妄想，所以不會比撫子知道的更多。」

「那、那麼為什麼……」

「只不過是妳『忘了』。妳在六月的時候，為了解除自己被下的咒，跑到書店看書，學習到一些專業知識。這種知識當然如同考前臨時抱佛腳，後來就幾乎忘光光，但是人類的記憶不會完全遺忘事情。即使自認忘得再乾淨，依然留在腦中。如同罪孽絕對不會從腦中抹滅。」

「……這樣啊。」

這樣的話，撫子或許每次重看錄影的運動轉播都會覺得好看，具備這種滑稽的特質吧。看過的書重新翻閱依然可以看得很開心，這是很划算的特質。

「可是，撫子為什麼知道曆哥哥的事？像是他在這座神社和忍小姐用掉靈能量，撫子應該不知道曆哥哥這種事蹟，但為什麼會知道？」

「即使是這件事，撫子妳也早就知道了。」

朽繩先生如此斷言。

聽他講得這麼果斷，撫子無法再度詢問。可是，這是怎麼回事？

撫子明明不可能知道這種事。

難道是聽某人說的？某人……

「……撫子現在很混亂……朽繩先生，可以告訴撫子嗎？究竟發生什麼事才變成這樣？」

如今，撫子不想回到過去。

只覺得落得這種結果了。如此而已。

但撫子想知道來龍去脈，做為一種責任。

以負責人的立場，做為一種補償。

不然，至少也得以加害者的立場，負起這個責任。

撫子終究不想繼續抱持逃避現實的心情。

…………

畢竟現在沒必要逃避了。

「沒發生什麼稱得上事情的事情。只是撫子妳的記憶基於妄想而在各方面混亂，因而扭曲。如同彎曲盤繞的大蛇。」

「不用這樣比喻了……撫子的認知是從什麼時候混亂的？請告訴撫子這件事。朽繩先生肯定知道吧？」

現在的朽繩先生肯定知道。

不是撫子的妄想，而是真實復活的朽繩先生，肯定知道。

不過，正因如此，這段對話堪稱荒唐。因為現在的朽繩先生等同於撫子。

是超越妄想、超越憑依的相同個體。

因為封印在那張符咒的朽繩先生，在撫子吞下符咒之後，以撫子為軀殼復活。

朽繩先生就是撫子。

所以接下來的對話如同自言自語。這是慣例。

「妄想是從撫子在鞋櫃看到白蛇時開始的嗎？」

「正是如此，但要以當時為起點不太對。若要說原點，對於撫子來說的原點，大約在上上個月初。」

「上上個月……九月初……」

說到九月初，就是……

「是妳得知曆哥哥交女友的那時候，妳目擊曆哥哥和戀人恩愛同行的那時候。當時就是撫子的『起點』。不對，應該是終點。」

朽繩先生這麼說。

終點。

「妳對那個妹妹講的感想很成熟，但是實際上，妳當時有點失常。」

「失常……？」

「不對，不應該形容為失常，因為這很正常，是理所當然的情感。如同妳的朋友對妳做的那樣，妳只是在嫉妒罷了。嫉妒那個女友。」

「…………」

嫉妒。妒忌。

伴隨愛戀而來，依附其中的情感。

原來如此。

撫子在那個時候，被咬了。

被蛇咬。被毒蛇咬。

被咬——被神上身。

「後來……後來撫子怎麼了？」

「這是妳自己發生的事，用不著問這種問題吧？總之，妳只是和那個朋友抱持相同的想法罷了，妳應該懂吧？俗話說得好，物以類聚。啊啊？」

「同樣的想法……」

即使撫子記憶再怎麼混亂、再怎麼捏造物語，聽到這裡之後，用不著刻意再問一次也已經明白。即使如此，撫子還是忍不住想確認。

忍不住想聽朽繩先生親口說。

這是當然的。這是理所當然的。

因為撫子就是只為了這個目的而拜託朽繩先生。只為了這個目的而讓失去信仰、毀滅、遭到封印而沉眠的朽繩先生復活。

只為了這個目的，捏造出朽繩先生。

「抱持相同想法的意思是……撫子想使用『咒術』，將那個人──將曆哥哥的女友『抹殺』掉？」

「不不不，『咒術』的效果無法期待，待在那種班級的妳最清楚這一點，所以妳沒這麼做。但妳說妳想抹殺她，這是對的。了不起，真漂亮的答案。」

「……畢竟這是撫子自己的事。」

「撫子妳當然不是想取代那個女友，只是那個女友妨礙到妳。妨礙妳繼續單戀曆哥哥。」

「真任性。」

雖然是自己的事情，撫子卻講得置身事外。

「喜歡上別人很費力，所以盡情沉溺在不可能實現的戀情……像這樣備受這個人的照顧，卻在這個人交女友之後嫉妒……」

「也可能是不同於嫉妒的情感……總之，這也沒辦法吧？畢竟沒辦法繼續喜歡一個有女友的對象，就算這樣，妳卻也不打算認真追求。」

「……對，情非得已。」

這是情非得已的做法。應該吧。

撫子應該會這樣說服自己。

「不過……既然不是靠『咒術』，那撫子做了什麼事？」

「妳用了更確實的方法。」朽繩先生告知撫子真相。「換言之，妳向神祈禱。」

「……向神祈禱？」

也就是……向朽繩先生祈禱？是嗎？

「妳得知曆哥哥交女友的事實之後，有空就來這座神社參拜。妳完全不記得？」

「……不記得。換句話說，撫子進行了百度參拜？」

「終究沒來一百次就是了。」

「更確實的方法……可是，這樣……」

這樣真的比較確實嗎？因為……

「也對。老實說，如果只是向神祈禱，願望很難實現。一般人肯定這麼認為。但撫子妳不一樣吧？因為妳六月的時候，在這座神社解除了朋友下的『咒術』。」

「…………」

遭遇怪異，就會受到怪異的吸引。

這就是……這個意思吧？

換句話說，知道怪異，就會變得相信怪異。

「原來如此。撫子在當時得知，向神祈禱是『有效』的做法。」

正因如此，才會進行百度參拜。

不對，實際上應該只有十五度參拜吧。

依照撫子的生活作息，頂多只能這麼多次。

「不過，撫子居然會忘記這種事……是當成不方便的記憶而刪除嗎？」

「妳又不是某人，哪可能順心如意做出這種事？」

某人？他說的是誰？

如今朽繩先生並不是和撫子共享知識，所以不曉得他指的是誰。

「撫子妳只是假裝忘記，而且光是這樣就夠了。」

「…………」

假裝忘記……換句話說，是瞞騙。

也就是說謊？

撫子是騙子。

總之，人難免會說謊吧。

連曆哥哥都會，所以撫子也會。

「……不過，即使向神祈禱是有效的做法，即使真的是這樣，在『這裡』祈禱肯定也沒意義吧？」

因為，這座神社是毀滅的神社。失去信仰的神社。

這裡沒有神。

「對。名為忍野扇的女生，在那天早上就對撫子指摘這一點。」

撫子差點被腳踏車撞的那天早上。

十月三十一日，星期二的早上。

（這麼說來，千石小妹，雖然只是湊巧，但我經常看到妳去那座神社。我不曉得妳是去許什麼願，但妳這麼做是徒勞無功喔。）

（妳不知道嗎？因為那座神社沒有神。）

（雖然該處原本的功能還在運作，卻已經不再是祭神之社。）

（再怎麼祈禱也是一場空。）

（不過，如果御神體回到神社，那就另當別論。）

（順帶一提，那邊的御神體，如今在阿良良木學長那裡。是臥煙伊豆湖小姐數個月前託他保管的。應該放在阿良良木家的某處。不過以那個人的個性，大概只會隨便收在某個地方就是了。）

（是符咒。）

（據說那張紙「封印」著神。順帶一提，一千年前以那張符咒封印神的陰陽師，就是阿良良木學長拯救千石小妹時使用的護身符製作者。光是聽到這件事，妳就知道那張符咒多麼有價值又恐怖吧？）

（也可以知道神多麼偉大。）

（要是這個神復活——解除封印，肯定能輕易實現撫子的心願吧。真的。）

（解除封印的方法？我不曉得這種事。）

（因為是蛇神，或許在附近抓條蛇，讓蛇吞下那張符咒就行吧？）

「那個品味很差的髮圈，也是那個女高中生在那天早上送妳的『友好證明』。」

我們深入聊了這麼久，難怪時間過得那麼快。

「……而且，撫子以此為契機，開始『捏造物語』……」

是的，撫子是在見過扇小姐之後，開始看見白蛇。

「為殺蛇行徑贖罪……即使是這種事，撫子也只當成是煞有其事的藉口。是撫子為了到曆哥哥房間找符咒——尋找朽繩先生神體而編造的物語……」

為了這種事，甚至利用自己的罪過。

妄想。捏造。瞞騙。

為了實現自己任性的願望，試圖讓神復活。

為了讓神復活，偽造神的聲音。

看見幻覺的程度，更勝於沒正視現實的程度。

以自己創造的物語為囮——當成誘餌。

在背地裡策劃讓神重新降世。

「……可是，曆哥哥家的大門，為什麼會從內側開鎖？那是無法用幻覺或幻聽解釋的靈異現象吧？」

「只是真的拿鑰匙開鎖罷了。」

朽繩先生非常乾脆地說出毫無夢想與希望的真相。

「前一天，妳離家時『刻意』讓父母發現，讓他們將消息告知月火與曆哥哥，這麼做的目的是什麼？不就是溜進阿良良木家借用鑰匙嗎？妳預計找機會再度回來，慢慢花時間搜索白天沒人的阿良良木家。總之，如果當晚就開始尋找，應該也是相同的結果吧，但符咒不一定藏在曆哥哥家，而且不曉得妹妹幾時會溜進房間。」

「……畢竟實際上，月火真的溜進來了。」

不過，即使計算得如此周詳，不只私闖民宅還犯下竊盜罪，依然被曆哥哥與忍小姐發現了。

看來撫子不適合當小偷。

撫子大概不適合做任何事吧。

撫子只適合低頭看地面。

「不不不，撫子妳確實讓本大爺復活，所以很適合喔。」

「適合……什麼事？」

「成為神。」

「…………」

「不是開玩笑，撫子，妳現在就是神。因為妳已經像這樣，讓封印在那張神體符咒的本大爺復活了。而且是以妳的身體為軀殼。」

「撫子並不是……」

撫子並不是想要自己成為神才這麼做……

扇小姐說要讓蛇吞下符咒，但撫子一時慌張之後自己吞掉。只有這件事是撫子的責任。

撫子真的都沒在聽人說話。

「……還是說，這是在教訓我們不能依賴神，要憑自己的力量實現願望？」

即使撫子試著這麼說，也完全沒有真實感。

撫子完全不相信。依然囚禁於自己編造的妄想物語之中。

依然繼續假裝自己忘記。

「撫子總是……只依照自己的方便，決定要不要把別人說的話聽進去，或是扭曲事實欺騙自己吧？」

「任何人都是如此。」

「……不過，這是情非得已吧？」

應該是情非得已。因為情非得已。

「因為……這是情非得已。」

「…………」

「任何人都會寵自己……撫子也一樣，如此而已……」

「……而且扮演受害者的角色。」

「喀喀。」

此時，倒地的忍小姐那邊，傳來這個細微的笑聲。

「受害者與加害者，其實可以輕易互換立場。只是立場與狀況之問題。重視加害者或重視受害者……其實都是同一回事。」

「…………」

撫子默默高舉左手的牙往下揮。

變安靜了。

雖說如此，撫子認為一點都沒錯。忍小姐是對的。

而且無論是對是錯，她正因為中毒而倒在地上，這也是現實。

不過這麼一來，撫子也明白朽繩先生為何沒在忍小姐面前說話了。因為以吃怪異為樂的她，可以輕易看出這是撫子的妄想。

「咦……撫子還有什麼事情不明白嗎？」

撫子一絲不苟地逐一解決沒做的事——反過來說，就是以例行公事般的制式程序尋找疑點。

「啊，對了。到頭來，曆哥哥為什麼剛好在撫子到曆哥哥房間翻找的時候回來？只要曆哥哥沒回來……」

只要曆哥哥沒回來？只要曆哥哥沒回來，會變成什麼狀況？

「聽曆哥哥的語氣，他好像早就知道撫子做過的事、想做的事，以及撫子捏造的物語。」

「天曉得，這連本大爺也不清楚。這完全是本大爺與撫子以外的事情。」

「即使他從月火那裡，打聽到撫子在學校亂講話之後早退……」

回想起來，撫子那次難以正視的失控，以及怒子的登場，單純都只是因為撫子發怒了。

不是朽繩先生的錯，也不是怪異的錯。

是妄想失控的結果。

「撫子到曆哥哥房間找東西這件事，曆哥哥明明不可能知道……」

「或許出乎意料只是巧合？比方說為了再度出門找撫子，所以回家換衣服或進行其他準備，結果湊巧撞見。」

「嗯嗯……」

這種說法，撫子勉強可以接受……「湊巧」這兩個字似乎挺有說服力的。

湊巧。現在聽到這兩個字，會覺得好悅耳。

「真……真是順心如意之想法，很像丫頭之作風……這種說法，明明無法解釋夜行性之吾為何在白天活動……」

忍小姐這麼說。好煩。

「喀喀喀，被那個姪女姑娘擺了一道……吾總算也聽得到那個髮圈講話了，但原來一切都是那個傢伙之計策……」

「…………………」

咻。

撫子揮動牙，讓她安靜。

不對，為了以防萬一，撫子仔細地反覆揮動大牙。

嗯？

咦，好奇怪，還在動。

那就得讓她停止才行。

嘿。嘿。嘿。嘿。嘿。嘿。

停止了。

終於停止了。

「……不過，無妨了。」

「無妨嗎？」

「無妨吧……反正知道真相也不會改變什麼，只代表曆哥哥有一段曆哥哥自己的物語。和撫子不一樣，有一段並非虛構的物語……如此而已。就算這樣，撫子也不想知道這段物語的內容。」

「真是自暴自棄啊。」

「當然囉，要棄個痛快。撫子不曉得為什麼變成這樣，但是到最後，撫子並不是真的想知道，而是打從心底覺得無妨。」

撫子說到這裡，緩緩轉身。

從偏向忍小姐的方向，轉往偏向曆哥哥的方向。

「那麼，殺掉曆哥哥吧。」

曆哥哥是吸血鬼，所以還活著。但是再注入劇毒幾百次，終究無法維持原形吧。

「啊啊？可以嗎？這樣不就是本末倒置？」

「本末從一開始就倒置了。就像是吃自己尾巴的蛇。也可以說是虎頭蛇尾。」

「…………」

「……嗯嗯，因為這也情非得已吧？要是曆哥哥活著，肯定又會交女友，和別人相戀。每次都失戀也很費力。」

「…………」

就讓曆哥哥成為超越英雄或偶像，絕對無人能及的存在吧。

「曆哥哥的戀人當然還是得『抹殺』……既然要維持這段絕對不會實現的戀情，讓曆哥哥死掉不是更加『浪漫』嗎？而且最重要的是，撫子不想繼續造成困擾。」

「……妳達到這種程度，已經瘋了。」朽繩先生靜靜這麼說。「沒救了。本大爺看錯人了，撫子也瘋了。對……沒救了。任何人都救不了。」

「這是情非得已。」

撫子高舉大牙。完全變長的瀏海遮住撫子的視野，但這種東西不造成任何阻礙。

如今，撫子自己就是邪、就是魔。

是蛇、是真。

怪於常人、異於常人。

「撫子是怪異。不過……」

撫子高舉大牙，準備以渾身力氣一招打向心臟，並且這麼說。

「我」這麼說。

「這是『撫子』，不是我。」

大牙即將轟一聲往下揮的瞬間，電子聲響遍神社境內。不對，現在是豪雨，所以電子聲並不響亮。

不過，撫子從參拜道路的石板，感受到手機的震動聲。

感受到如同蛇在爬行的震動。

「探測……」

不對，和探測無關。

朽繩先生沒有探測能力。那也是錯覺。別說誤判，一切從一開始就是錯誤。

簡直是幻想震動症候群。

何況，撫子沒手機。

「……………」

撫子蹲在曆哥哥身旁，蹲在即使非常細微，卻依然在恢復、再生的曆哥哥身旁，從他的褲子口袋取出手機──不斷震動的手機。

手機應該至少具備防水功能，但撫子姑且以手掌當成雨傘避免弄溼手機，並且拿起來確認。

撫子原本想直接關機，但是看到畫面顯示的來電姓名就改變念頭。改變念頭，而且心情變得複雜。

撫子以食指按下通話按鍵，撥起蛇髮，輕輕將耳機抵在耳際。

「喂，我是千石撫子。」

「喂，我是戰場原黑儀。」

是非常冷靜、非常沉穩的聲音。

聲音幾乎沒有起伏，極為平坦。

不，或許該形容為「平淡」。

靜靜的，如同毫無感覺，一點都不驚訝。不過，這是不可能的事。

因為撫子擅自接了曆哥哥的電話。接手機的不是要找的人，肯定沒人不感意外。

但是，這個人的語氣平靜至極。

「千石小姐，妳好。」她這麼說。「我的男人還活著嗎？」

「……目前勉強活著。」

雖然不是懾於這份過於平靜的態度，但撫子老實回答。

戰場原黑儀。

這是撫子知道的名字。

是撫子不可能不知道的名字。
因為，這是曆哥哥戀人的名字。
也是撫子想「下咒」、想「抹殺」的對象。
在這兩個月，這個名字或許比曆哥哥更深刻留在撫子心中。
不可能不知道，不可能忘記。
「這樣啊，太好了。所以算是千鈞一髮趕上了。」
語氣聽起來沒有非常放心。不過相對的，聽起來也不對勁。
記得這個人和曆哥哥說話的時候，在撫子觀察的時候，是更加平凡的女生。
這是憤怒的表現嗎？
「千鈞一髮趕上？妳是以什麼根據講這種話？」
撫子如此詢問。正常來說，都會質疑這一點。
「如果戰場原小姐現在身處的位置，沒辦法在一秒之內來到撫子這裡，實在不能形容為趕上吧……」
撫子偷瞄曆哥哥與忍小姐一眼之後這麼說。
「妳已經在這附近？」
「怎麼可能。」戰場原小姐泰然自若地回答。「我正在家裡吃洋芋片。」
「……妳在胡鬧？」

「我一邊吃洋芋片一邊看電視，察覺『收錄』和『奴隸』兩個詞看起來很像而嚇一跳，所以打電話給阿良良木要告訴他。」

「…………」

她在胡鬧。

難道是想緩和場中氣氛？

還是說，這是身為女友的從容？

但撫子認為，現在絕對不是展現從容的時候……

真是一個不可思議的人。

「不過，還是可以形容為趕上吧。」

戰場原小姐輕易回到正題。

手法俐落到令人著迷。

「因為，如果千石小姐解決掉我的男人，我就非得犯下殺人罪了。得救的是我的將來。」

戰場原小姐以完全相同的語氣這麼說。

「千石小姐，謝謝妳救了我的將來。」

「…………」

「總之，正確來說，應該是暴力傷害脅迫監禁致死罪就是了……好啦，我就開門見山地說了，千石小姐。和我做一場交易吧。」

「交易？」

「妳可以殺掉我，但妳可以放掉阿良良木嗎？」

戰場原小姐這番話毫無氣魄，如同拿一百二十圓叫人幫忙買飲料。

「妳救了我的將來，我願意把這些將來全部獻給妳，所以請妳放過阿良良木。順帶一提，如果忍小姐還活著，也請妳放過那個孩子。」

「……妳在說什麼？」

「不，對我來說，那個前吸血鬼的蘿莉少女一點都不重要，但那孩子是阿良良木的寶物。畢竟要是那孩子沒活著，阿良良木也失去活下去的意義……」

「撫子不是在說這個……」

撫子一邊回應，一邊思索戰場原小姐現在究竟在想什麼。

但撫子立刻停止思索。

這種事一點都不重要。

「不行。」

「…………」

「撫子要殺掉曆哥哥，也要殺掉妳、殺掉忍小姐。撫子一開始就是這麼打算，所以這不構成交易。」

「……這樣啊，真遺憾。那就沒辦法了。」

戰場原小姐說得像是很乾脆地放棄。

她的輕率態度令撫子覺得掃興，但她繼續說下去。

「既然這樣，接下來是我身為人生前輩的建議，聽我說吧。包含我在內，妳最好仔細思考殺害的順序。」

「啊？」

「絕對不能在殺忍小姐之前，先殺掉阿良良木。這樣的話，忍小姐和阿良良木的連結將會斷絕，取回原本傳說吸血鬼的力量。妳這種角色將會眨眼被吃掉。」

「……這樣啊。」

這確實是令人感恩的建議。

要是她沒這麼說，撫子會忍不住依照情感先殺害曆哥哥。

「說得也是，明白了。」

「而且在這之前，最好第一個殺掉我。不然我不只會殺了妳，還會殺掉大家。」

戰場原小姐極為平靜地這麼說。

「……大、大家是指？」

「那還用說，大家就是大家。」

「…………」

她說得好恐怖。

明明不是怪異，明明只是曆哥哥的女友。

「別小看我亂發脾氣會做的舉動。」

「……明白了。那麼。就從妳開始殺，再來是忍小姐，最後是曆哥哥。這樣就行吧？謝謝。」

撫子向她道謝。

她如此親切，所以撫子至少會道個謝。

撫子對溫柔的人很好。

「不用多禮。相對的，千石小姐，可以聽我說一個願望嗎？」

「啊？」

咦？這個人怎麼講得像是在推銷？

「放心，沒什麼大不了。既然妳現在是必須信仰的神，是那座神社的主人，聽聽我這個草民的願望也無妨吧？不然我可以捐點香油錢給妳。」

「……聽聽妳怎麼說吧。」

撫子感興趣了。

戰場原小姐在這種狀況，會說出什麼願望？

能成為曆哥哥戀人的她，究竟要向撫子——向神許什麼願望？

「千石小姐就以這個順序殺我們吧。不過在這之前，能不能給點時間？」

「時間？」

「成為怪異的妳，只要今後受人信仰，就可以永遠存在吧？既然這樣，稍微等一段時間應該無妨吧？例如一天、兩天、一週、一個月……或是半年。」

半年。

戰場原小姐講到這個詞的時候，撫子首度感覺她加重語氣。

「如果妳的殺意是真的，肯定不會在意。如果不是衝動，是真正的殺意；如果不是一時的想法，是真正的想法，妳肯定能等待。」

「……半年……半年後，會發生什麼事？」

撫子如此回問。

「畢業典禮。」戰場原小姐毫不隱瞞。「我為了和阿良良木畢業，最近一直很努力……要是這份努力化為烏有，也對不起羽川同學。」

「畢業典禮……」

這是出乎意料的詞。沒想到在這時候，會出現這種日常名詞。

出現這種理所當然的名詞。

畢業典禮……

撫子再也無法上學，再也不是人類，頭髮全變成蛇，正要殺害心儀已久的人……

畢業典禮？

「咕……」

這樣的戰場原小姐，令撫子……更正，令「我」笑出來了。

「咕……呼呼、呵呵。啊哈哈……呵呵……」

像這樣笑出聲。

撫子不得不笑出聲。

看來即使成為怪異，容易被逗笑的個性還在。啊啊，真是沒用的設定。

真的，毫無用處。

「明白了……那麼，撫子等你們半年。」

「這樣啊。謝謝。」

戰場原小姐再度道謝。

不過，話語裡果然沒有情感。感覺像是在和語音軟體說話。

不過，這正是戰場原小姐真正的聲音吧。

是對撫子說話使用的聲音。

「半年……正確來說，是到畢業典禮那一天。畢業典禮結束之後，麻煩親自前來北白蛇神社。撫子會在那裡等你們。」

「咦？不能辦慶祝會？」

「不能。」

這個人在想什麼？

不對，彼此彼此。

「不提這個，這半年只是『緩刑』……所以戰場原小姐在這半年，不可以和曆哥哥牽手喔。」

「哎呀……」

電話另一頭的戰場原小姐，似乎露出淺淺的微笑。

「這樣的話，真像是熱鍋上的蛇一樣煎熬呢。」

「…………」

這句話不好笑。

譬喻得一點都不巧妙……

不過，撫子也在這時候，覺得這個人並不可恨。

如果和這個人好好交談、好好交心，或許不會變成這種結果。

撫子如此心想。

如果沒有只因為她是曆哥哥的女友就嫉妒、憎恨、想下殺手……

如果沒有許這種願望，如果先認識她、先知道這個人的內在，或許就不會演變成這種結果。

回想起來，撫子從來沒有主動理解別人。

原來如此。

所以，才會變成這種結果。

「如果……」

撫子說了。

對戰場原小姐這麼說。

「如果撫子和戰場原小姐以不同的方式相識，或許能成為朋友。」

「不，這不可能。」

戰場原小姐立刻否定。

毫無妥協的餘地。

「很抱歉，千石撫子小姐，比起以前的自己，我更討厭妳這種可愛的丫頭。」

電話掛斷了。沒道別就掛斷。

撫子在一直下個不停的豪雨之中闔上手機，並且深有同感。

024

沒有什麼後續喔。

也沒有結尾。早就結束了吧？

千石撫子變成神了，完。真的可以只用這一行作結。

是的，所以撫子不曉得在這之後，撫子就讀的國中班級——二年二班的後續。

如果撫子的「大聲疾呼」造成某種化學反應，使班上恢復往昔的和樂氣氛，應該很像普通故事會有的結果吧，但撫子不認為會這麼順利，也沒辦法去確認。

撫子不想繼續捏造。

依照撫子個人的預測，應該是維持原狀沒什麼改變，甚至可能惡化。

不，如果事態往正面方向進展，當然是最好也不過，撫子也真的希望如此。

這部分就期待笹藪老師的本事吧。

請加油。撫子由衷聲援。

爸爸與媽媽也令撫子在意，但這同樣不是撫子能處理的事。畢竟多愁善感又心思細膩的青春期少女離家出走再也沒回來，是世間常見的事，祈禱他們不當一回事吧。

撫子明明是神，卻在祈禱。

雖說如此，又不是以前殺掉的蛇，劇情在這裡腰斬也不夠親切，就來段預告篇當成終章作結吧。

預告篇。

半年後的三月某日（這麼說來，撫子不曉得私立直江津高中畢業典禮是哪一天，找時間調查一下吧），撫子在北白蛇神社境內的神社階梯處，背對香油錢箱而坐。

朽繩先生的髮圈不是套在手腕，而是發揮髮圈原本的功能，用來將十萬條蛇綁成馬尾。畢竟距離現在將近半年，難免想稍微改變造型。

順帶一提，神社重建了。預定重建。

不是撫子如此希望，這本來就列入鎮上的重建計畫，應該會在三月前完工吧。明明扔著殘破的狀況不管，卻在「豪雨導致神社全毀」之後推動重建工程，真搞不懂大人們的世界。

總之這麼一來，信仰或許會稍微恢復，所以撫子到了三月，威力肯定更加提升。

馬尾將瀏海也全部大膽綁在後面，所以從正面清楚看得見撫子的臉。換句話說，撫子也清楚看得見正前方。

撫子不想隱藏。

撫子擁有頰窩器官，當然不需要注視正面，不過在今天，只有這一天，撫子非得這麼做。

因為對於千石撫子來說，這一天正是和人類訣別的日子。

也是最後一天以眼睛視物。

……是的，撫子至少要抱持如此堅定的決心等待。等待他們。

希望以這種方式，等待正爬上階梯，穿過鳥居前來的他們。

阿良良木曆。

忍野忍。

至於戰場原黑儀……小姐，撫子只曾經遠遠眺望，所以在預告篇裡，她也無法以清楚的身影出現，總之，她肯定會和曆哥哥相互依偎般並肩出現吧。

雖然這樣會違反約定，但撫子還是希望他們這時候至少牽個手。不然不上相。

這時候的忍野忍小姐，不是幼女的外型。即使不到原本的外型，或許看起來也和曆哥哥差不多年紀。

畢竟她應該在上次受過教訓。

曆哥哥當然也將自己的吸血鬼度提高許多。不過在撫子的劇毒面前，這麼做沒什麼意義。

但是，撫子感受得到他們心態上的不同。

應該吧。

而且，雖然這也和約定的不同，但如果他們三人身後還有神原姊姊及羽川姊姊，那就太棒了。

這樣將是完整陣容。
不枉費撫子成為最終大魔王。
不過，即使他們一起上，撫子也完全不覺得自己會輸。
撫子緩緩起身。
潛藏在境內無數的蛇，也同時露出利牙。是和撫子意志合一的眷屬們。
而且，要是隨著撫子這句招牌臺詞展開最後決戰，就真的別無所求吧。
「曆哥哥，歡迎光臨。撫子會好好疼愛你。」
接下來，是戀愛喜劇的時間。
基於所有意義，都是最終決戰。
因為是神，所以Coming soon。（註11）

註11　日文的神（kami）和Coming音近。

後記

在這種後記篇幅要講什麼，真的端看作者的個性，總之不提這個，閱讀小說或漫畫的時候，即使不是直接閱讀作者的字句，而是閱讀故事本身，也感受得到「作者的主張」。形容成主張有點誇張，不過換言之，世上某些作品，會讓讀者在閱讀之後，看出作者「覺得什麼事情是對的」。「覺得什麼事情是對的」、「覺得什麼事情是錯的」、「喜歡什麼」、「討厭什麼」，明明作者本人沒出現在作品裡述說這些事，讀者卻不知為何會在閱讀時看出這些端倪……實際上，這都是讀者自己的解釋，除非直接詢問作者本人，才知道這種解釋是否正確（或許即使直接詢問也不知道？）。但我覺得或許只有小說與漫畫會發生這種現象，至少小說與漫畫才容易發生這種現象。換句話說，小說與漫畫的作者是淺顯易懂的「個人」，所以不會混入各方思想，至少難以混入各方思想。如果是電影、戲劇，音樂應該也是如此，製作規模越大，也就是作者不只一人的話，源自各人立場的思想就會混入其中，不同人的主張適當地中和，因而成為獨立於單一人性的「作品」，但小說或漫畫這種小規模創作很難做到這一點。感覺這樣有一個優點，就是可以享受「個人」的思想，我很喜歡書籍的這一點，不過現代確實朝著隱藏個人價值的方向進展，我個人覺得這才是出版界真正的危機。

話是這麼說，但本書應該不會特別傳達作者的思想或主張，就只是盡情描寫千石撫子多麼可愛的一本小說。真要說的話，堪稱一本想探究「可愛為何物」的小說。不過從本書開始，《物語》系列的第二部也終於加速衝向尾聲。下一集《鬼物語》會說明時間順序有點不同的補習班失火事件，至於最後一集《戀物語》，應該會描述他們畢業時的物語吧。雖然覺得反正應該會寫第三部，但想到這部漫長的物語終於也要打上終止符，也不免感慨萬千。也可以形容成意氣風發。一切按照計畫！就這樣，本書是以百分之百的順遂寫出來的作品《囮物語　第亂話：撫子・蛇妖》。

這次也是撫子首度上彩頁，真美妙。感謝VOFAN老師。

那麼，最後兩集請各位多多指教。

西尾維新

作者介紹

西尾維新 (NISIO ISIN)

1981 年出生，以第 23 屆梅菲斯特獎得獎作品《斬首循環》開始的《戲言》系列於 2005 年完結，近期作品有《戀物語》、《難民偵探》、《悲鳴傳》等等。

Illustration

VOFAN

1980 年出生，代表作品為詩畫集《Colorful Dreams》，在臺灣版《電玩通》擔任封面繪製，2005 年由《FAUST Vol.6》在日本出道，2006 年起為本作品《物語》系列繪製封面與插圖。

譯者

哈泥蛙

專職譯者。言不由衷的特性眾所皆知，最具代表性的例子是「與其休假，不如拿休假的時間多做點工作」。其實好想休假。

書盒子
囮物語
（原名：囮物語）

作者／西尾維新　插畫／VOFAN　譯者／張鈞堯
執行長／陳君平　榮譽發行人／黃鎮隆
協理／洪琇菁　國際版權／黃令歡、梁名儀
執行編輯／呂尚燁　美術編輯／李政儀

出版／城邦文化事業股份有限公司　尖端出版
台北市中山區民生東路二段一四一號十樓
電話：(〇二)二五〇〇七六〇〇　傳真：(〇二)二五〇〇二六八三
E-mail：7novels@mail2.spp.com.tw
發行／英屬蓋曼群島商家庭傳媒股份有限公司城邦分公司　尖端出版
台北市中山區民生東路二段一四一號十樓
電話：（〇二）二五〇〇—七六〇〇（代表號）
傳真：（〇二）二五〇〇—一九七九
中彰投以北經銷（含宜花東）／楨彥有限公司
電話：（〇二）八九一九—三三六九
傳真：（〇二）八九一四—五五二四
雲嘉經銷／智豐圖書股份有限公司　嘉義公司
電話：（〇五）二三三—三八五二
傳真：（〇五）二三三—三八六三
南部經銷／智豐圖書股份有限公司　高雄公司
電話：（〇七）三七三—〇〇七九
傳真：（〇七）三七三—〇〇八七
一代匯集／香港九龍旺角塘尾道六十四號龍駒企業大廈十樓B&D室
電話：（八五二）二七八三—八一〇二
傳真：（八五二）二七八二—一五二九
馬新經銷／城邦（馬新）出版集團　Cite(M)Sdn.Bhd.
E-mail：Cite@cite.com.my
法律顧問／王子文律師　元禾法律事務所
台北市羅斯福路三段三十七號十五樓
二〇一三年十一月一版一刷
二〇二三年三月一版三刷

版權所有・翻印必究
■本書若有破損、缺頁請寄回當地出版社更換■

《OTORIMONOGATARI》
© NISIO ISIN 2011
All rights reserved.
Original Japanese edition published by KODANSHA LTD.
Complex Chinese character translation rights arranged with KODANSHA LTD.

本書由日本講談社授權城邦文化事業股份有限公司尖端出版繁體中文版，版權所有，未經日本講談社書面同意，不得以任何方式作全面或局部翻印，仿製或轉載。
本作品於2011年於講談社BOX系列出版。

■中文版■

郵購注意事項：
1. 填妥劃撥單資料：帳號：50003021戶名：英屬蓋曼群島商家庭傳媒(股)公司城邦分公司。2. 通信欄內註明訂購書名與冊數。3. 劃撥金額低於500元，請加附掛號郵資50元。如劃撥日起 10～14日，仍未收到書時，請洽劃撥組。劃撥專線TEL：(03) 312-4212 ・ FAX：(03) 322-4621。E-mail：marketing@spp.com.tw

國家圖書館出版品預行編目資料

囮物語 / 西尾維新 著；張鈞堯 譯.
—1版.—臺北市：尖端出版，2013.10
面 ； 公分.—(書盒子)
譯自：囮物語
ISBN 978-957-10-5385-1(平裝)

861.57　　102016485